लोकल लोकल

मुंबई के कामकाजी समुदाय के समेत मुंबई की जीवन वाहिनी

माधुरी अनिल वैद्य

First Published in April 2021

ISBN: 978-93-5427-764-1

BLUEROSE PUBLISHERS
www.bluerosepublishers.com
info@bluerosepublishers.com
+91 8882 898 898

Cover Design:
Mohit Joshi

Typographic Design:
Namrata Saini

Distributed by: BlueRose, Amazon, Flipkart, Shopclues

लोकल-लोकल

मेरी तीसरी किताब मुंबई लोकल ट्रेन के
समस्त यात्रियों को
बड़े प्यार और सम्मान के साथ
समर्पित

कृतज्ञता

मेरी किताब **लोकल–लोकल** (मूलत: मराठी में) का हिन्दी-संस्करण पाठकों को समर्पित करते हुए मुझे अत्यधिक हर्ष हो रहा है। हमेशा से मेरा एक सपना था कि मैं अपनी कलम के माध्यम से तमाम पाठकों तक पहुंचूं। नई दिल्ली के ब्ल्यू रोज पब्लिशर्स प्रा. लि. की सहायता से यह सपना अब वास्तव में पूरा होने जा रहा है। मैं सचमुच ही ब्ल्यू रोज की संपूर्ण टीम की बहुत ही आभारी हूँ।

लोकल-लोकल के मराठी लेखन को प्रकाशित करने के लिए मैं मेरे पूर्व प्रकाशक श्री अशोक मुळेजी , प्रकाशक, डिंपल पब्लिकेशन, मुंबई तथा प्रो. संतोष राणेजी, शारदा प्रकाशन, ठाणे की ऋणी हूं जिनकी वजह से 'लोकल-लोकल' ने दिन का उजाला देखा।

यह किताब मुंबई की लोकल ट्रेनों की समस्याएं तथा लोकल ट्रेनों में यात्रा करते समय महिला सहयात्रियों से बातचीत में उजागर हुई महिलाओं की समस्याओं का एक संगम है। मुंबई के पाठक इसे फिर से महसूस करेंगे तथा मुंबई के बाहर के पाठक मुंबई की लोकल ट्रेनों को दूरस्थता से अनुभव करेंगे। वह मुंबई की लोकल ट्रेनों की अंदर की दुनिया को अलग परंतु चित्तवेधक तरीके से समझ पाएंगे। मैं अपने पाठकों की अत्यंत आभारी रहूंगी तथा उनकी प्रतिक्रिया का इंतजार करूंगी।

-माधुरी

पहली आवृत्ति का मनोगत

मेरी लघुकथा संग्रह **रूममेट्स** (1989) और कविता संग्रह **मनमीत** (1994) के बाद यह लेख-संग्रह **लोकल-लोकल** मेरी तीसरी किताब 2002 में प्रकाशित हुई। यह किताब मुंबई की लोकल ट्रेनों में सफर करते हुए अनुभव किये ट्रेनों की समस्याएं और यात्रा के दौरान बातचीत में उजागर हुई महिलाओं की समस्याओं का संगम है। दोनों ही समस्याएं उतनी ही महत्त्वपूर्ण हैं। रोज लोकल ट्रेनों में यात्रा करना एक अग्निपरीक्षा है। माता सीता ने एक बार ही दी, लेकिन हमारी महिलाएं रोजाना इससे गुजरती हैं। यह कितनी भी आदत की बात हो जाए, फिर भी इसे उपेक्षित नहीं कर सकते। बहुत सारे रेलमंत्री आये और गये, और भी कई आयेंगे और जाएंगे। बहुतों ने अपना कार्यकाल समृद्ध किया। बहुत से अधिकारी तथा कर्मचारियों ने इस रेल के लिए बहुमूल्य योगदान दिया। एक महान् रेलमंत्री जिनका नाम लाल बहादुर शास्त्री था, उन्होंने एक रेल हादसे की वजह से अपने मंत्री पद से इस्तीफा दिया। लेकिन रेल, विशेषकर मुंबई की लोकल ट्रेन एक बड़ी व्यवस्था है जो एक बड़े परिवार की तरह बहुत ही कार्यक्षमता से काम करती है, जिसपर मुंबई जैसे बड़े शहर के कामकाजी समुदाय की व्यवस्था अवलंबित है। इस व्यवस्था में शामिल हर एक को अपना किरदार प्रभावी तरीके से निभाना पड़ता है। जरा सी भी चूक यात्रियों की जान पर बीत सकती है। इसलिए, उसी समय हमें यात्रियों का भी अभिनंदन करना चाहिए जो रोज तत्परता से और सुरक्षित तरीके से यात्रा करते हैं।

लोकल ट्रेनों में प्रवास करने का अनुभव, यात्रियों की विविधता, ट्रेनों के अंदर का दृश्य तथा यात्रियों के मन, विशेषत: महिला यात्रियों के मन के भावों को इकट्ठा समाने का एक छोटा सा प्रयास इस किताब में किया गया है। मुंबई की लोकल ट्रेनों के बारे में जितना लिखा जाय, उतना कम

है, फिर भी किसी को कहीं तो रुकना पड़ेगा, इसलिए मैं रुक रही हूँ। पाठकों का, लोकल ट्रेन यात्रियों का, प्रशंसकों का तथा समीक्षकों की टिप्पणियों का हमेशा स्वागत है।

-माधुरी वैद्य

दूसरी आवृत्ति का मनोगत

मुंबई आने के बाद से ही, पिछले 32-33 सालों से मैं मुंबई की लोकल ट्रेनों में सफर कर रही हूं। इस किताब में मुंबई की लोकल ट्रेनों की समस्याएं और लोकल ट्रेनों में यात्रा के दौरान बातचीत में उजागर हुई महिलाओं की समस्याएं हैं। सन् 1995 में मुंबई के एक संध्या-दैनिक 'सांज लोकसत्ता' में इसके कुछ अंश प्रकाशित हुए थे। तभी स्व. चन्द्रशेखर वाघजी संपादक थे। उन्होंने मुझे स्तंभ लिखने की आवश्यकताएं और मर्यादाएं बखूबी बताईं। सचमुच हमारे बीच पिछले जन्म का ही कोई रिश्ता होगा, इसलिए मै ऐसे गुरु को पा सकी। बाद में कुछ कारणों से उर्वरित अंशों का प्रकाशन नहीं हो पाया, फिर भी किताब प्रकाशित हो पायी। उन्होंने भी वह देखी और उनके खराब स्वास्थ्य के कारण भी उन्होंने समाधान जताया जो मेरे लिए आशीर्वाद स्वरूप रहा।

8 मई, 2002 को 'लोकल-लोकल' मुंबई के गिरगांव स्थित 'साहित्य संघ मंदिर' में प्रकाशित हुई। इस किताब की विषय-वस्तु का ध्यान रखते हुए मुंबई स्थित प्रकाशक की मेरी खोज डिंपल पब्लिकेशन के प्रकाशक श्री अशोक मुळेजी से मिलने के बाद खत्म हो गयी। उनकी सहायता से मेरा दीर्घकाल तक प्रलंबित लेखन, पुस्तक रूप में रूपांतरित हो सका। विमोचन हेतु श्रीमती निर्मला सामंत प्रभावळकरजी, कॉंग्रेस नेता तथा मुंबई म्युनिसिपल कॉर्पोरेशन की माजी महापौर को आमंत्रित किया था, लेकिन कुछ आपातकालीन कारणों से वह आ नहीं सकीं। फिर भी उन्होंने 'लोकल-लोकल' के बारे में अपना अभिमत लिखित स्वरूप में भेजा, जो वहां पर पढ़ा गया। उनके प्रोत्साहन से मैं बहुत ही आनंदित हुई। 'लोकल-लोकल' का प्रकाशन कविवर श्री राम मोरेजी, संत साहित्य के प्रगाढ़ अभ्यासक और कवि श्री वामन देशपांडेजी, ज्येष्ठ कथाकार श्री

वामन होवाळजी (अब नहीं रहे) और साहित्य जगत की अन्य गणमान्य हस्तियों की उपस्थिति में हुआ। मेरे सहकारी और मित्र, शिवसेना उपनेता, ट्रेड यूनियन लीडर श्री सूर्यकांत महाडिकजी भी इस अवसर पर उपस्थित थे।

कुछ ही समय में 'लोकल-लोकल' की सारी प्रतियां बिक गईं।

एनडीटीवी के पत्रकार श्री योगेश पवारजी को यह किताब इतनी पसंद आई कि उन्होंने 'लोकल-लोकल' की कथावस्तु पर एक लोकल ट्रेन की महिलाओं के डिब्बे में ही मेरा साक्षात्कार किया और उसे एनडीटीवी पर दिखाया, ब्लॉग लिखा, डीएनए अखबार में एक लेख लिखा। मैं योगेशजी की भी आभारी हूं। आज योगेशजी जैसे तरुण तथा दक्ष पत्रकारों की आवश्यकता है। जिन पाठकों ने समय-समय पर मुझसे संपर्क किया, उनकी भी मैं सदैव आभारी हूँ। मैं आशा करती हूँ कि जो भी पाठक इस किताब का गहराई से चिंतन करेंगे, उन्हें अपने आगे के जीवन का पथ निर्धारित करने में यह सहायक साबित होगी।

-माधुरी वैद्य

कृतज्ञता

(दूसरी आवृत्ति पर)

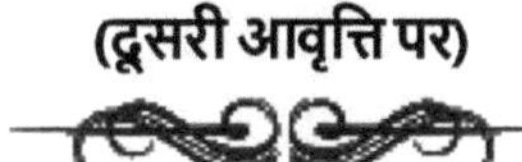

'लोकल-लोकल' को आम जनता तक ले जाने में स्व. श्री चन्द्रशेखर वाघजी, संपादक, **सांज लोकसत्ता का शेर** का योगदान है, जिन्होंने 'लोकल-लोकल' के कुछ शुरुआती अंश 'सांज लोकसत्ता' में छापे और मेरे जैसी एक नई लेखिका को लोकल ट्रेनों की समस्याएं तथा महिला यात्रियों की समस्याओं के बारे में अपने विचार आगे आकर साझा करने के लिए प्रोत्साहित किया।

प्रो. संतोष राणेजी, प्रकाशक, शारदा प्रकाशन, ठाणे ने अपना मन बनाकर 'लोकल-लोकल' की द्वितीय आवृत्ति प्रकाशित करके पाठकों को उपलब्ध करायी, इसके लिये मैं उनकी ऋणी हूँ।

आखिरकार, आप पाठकगण-लोकलकर ही 'लोकल-लोकल' का नसीब तय करेंगे। आपके प्यार से ही इस द्वितीय आवृत्ति को इस दिन का उजाला नसीब हुआ। इसलिए भविष्य में आपकी ओर से आनेवाली प्रतिक्रियाओं के लिए मैं आपकी आभारी हूँ।

-माधुरी वैद्य

अनुक्रमणिका

1.

तुम काय को बंबई आते हो?

एक सीधी लोकल ट्रेन.... लोग ही लोग..... छोटे-बड़े, अमीर-गरीब... चिंताग्रस्त-बेफिक्र। हम एक-दूसरे को धक्का मारते हैं, उतरने वालों को पहले उतरने नहीं देते, चढ़ने की जल्दी करते हैं। अंदर जाने के बाद भी बैठे हुए लोग जैसे हमारे दुश्मन ही हैं ऐसा समझकर उनको तकलीफ हो, इस तरह खड़े रहते हैं। हो सके तो धक्कामुक्की भी करते हैं, लेकिन अगर हमें जगह मिलती है तो हम मानो राजाधिराज हैं, इस तरह का भाव चेहरे पर लाते हैं।

उसी भीड़ का एक दिन। महिलाओं के डिब्बे की खींचातानी में मैं चुपचाप खड़ी हूँ...... एक तरफ मराठी महिलाएं, तो दूसरी तरफ कुछ मद्रासी महिलाएं हैं। इन मद्रासी महिलाओं पर मुझे कभी-कभी दया आती है। मराठी वीरांगनाओं से इन मद्रासी महिलाओं को धीरे-धीरे कोहनी से टोचना चल रहा है।

'ए, सिद्धा खड़ा रहो न!' वह मराठी औरत सुनाती है।

दूसरी तरफ से कोई प्रतिकार नहीं। अपनी ही धुन में विदाउट फुल स्टॉप (शायद तमिल में फुल स्टॉप का इस्तेमाल नहीं करते होंगे।) निरंतर बकबक चल ही रही है। इसलिये पहली मराठी तोप निकम्मी हो गयी। फिर से मराठी सेना गुर्राने लगी, "हो गया इनका यांडूगुंडू शुरू!"

उस खड़खड़कट्ट के पहली बार ध्यान में आता है और चावल मे कंकर लगे जैसा उसका चेहरा बनता है।

मद्रासी औरत कहती है, 'तुम्म अपनी भासा में बात करो न! अम्म किदर ना बोलता है तुमकू? अम्म बोलेगा तो बोलता है, बड़बड़ करता है और खुद बोलता है तो बड़बड़ नहीं? 'मद्रासी तोप धडकने लगी. 'अब देखो तुम हमको कभी से धक्का मार रहा है। हम कुछ बोला क्या? हम तो फिर भी खड़ा है न चुपचाप ? '

'अरे, लेकिन तुम सिद्धा खडा रहो नं। मेरे अंग पें क्यों गिरती है बार-बार?'

अभी तो खडखडकट्ट ने अपनी पूरी टोली को सावधान किया।

'सुबह बैठने को मरता है यह लोग। शाम को किसी को जगह देता है क्या कभी?'

'तुम भी तो.... और किसी को जगह देती हो? अपनी-अपनी भाषा वाली को बुला-बुला कर सीट देती हो।'

'ठीक है! ठीक है ! जादा आवाज नहीं करने का!'

'अरेच्चा! हमें बताते हैं कि जादा आवाज नहीं करने का! क्या समझती है अपने आप को! उनकी जगह उनको दिखा ही देनी चाहिए।'

'हमारे इधर आके हमको ही बोलता है कि तुम आवाज मत करो! जावो नं तुम्हारे मुलुख में!'

'तुम जाओ नं तुम्हारे अपने नेटिव प्लेस को! बंबई में क्यूं आया है?'

इस बात पर सच पूछो तो जवाब नहीं है, लेकिन फिर भी वह मराठी औरत कहती है -

'मुंबई तो हमारी है, हमारी! हमारे ऊपर नौबत नहीं आयी भीख मांगने की!'

'अम्म क्या इदर भिक्क मांगता है क्या? काम करके कमाता है। तुम दिखाओ नं बाहर जाके कमाके! अम्म इदर आता है तो कितनी ॲडजस्टमेंट करना पडता है। तुम कर सकोगे क्या?'

इस सब आपाधापी में मैं चुपचाप खड़ी थी। यह शायद उस मद्रासी औरत के ध्यान में आया होगा। वह मेरी तरफ मुड़ी।

'देखो! हमको बोलता है भिक्क मांगता है। लेकिन हम तो काम करके कमाता है। दिनभर मेहनत करता है। हमारे बॉस को भी हम आपके सामने लाएगा। उसको पूछना कि कौन कितना काम करता है। हम लोग सारा दिन मुंडी नीचे करके काम करता है। तब यह मराठी औरत लोग पूरा दिन घूमती रहती है। हमारा बॉस भी बोलेगा आपको हमारा बात सच है या नहीं।'

मेरे मन में सवाल पैदा हुआ कि इनका बॉस इस भीड़ में, और वह भी महिलाओं के डिब्बे में कैसे आ पाएगा? इतने में कोई स्टेशन आया। गाड़ी के रुकते ही, हिरकनी जैसी गढ़ के बुरूज से कुद पडी थी वैसी यह मराठी और मद्रासी हिरकनिया भी डिब्बे से फलाट पर कूद्के झटपट निकल गयी. इसमें कौन गलत या कौन सही? वैसा देखा जाय तो दोनों की ही बातों में तथ्य है। मुंबई में आनेवाला रेला परिस्थितिवश है। कई प्रान्तों से लोग मुंबई मे आते हैं। महाराष्ट्र के गांव-गांव से भी बहुत सारे लोग रोजाना आते ही रहते हैं। पर अपना घर, अपना गांव, अपने लोग और अपनी मिट्टी छोड़कर लोग खुशी से थोड़े ही मुंबई की भीड़ में खुद को गंवा रहे हैं? उन्हें मुंबई में आना अनिवार्य हो जाता है। परिस्थितिवश वह आते रहते हैं। इसका जिम्मेदार परिस्थिति है तथा परिस्थिति का जिम्मेदार शासन है। पेट के लिए मुंबई न आना पड़े, ऐसा वक्त जब तक नहीं आता है, तब तक ये समर प्रसंग ऐसे ही आते रहेंगे........

पर एक बात तो सच है कि जो जिधर काम करता है, कष्ट उठाता है, उसे वहां रहने का, खाने-पीने का, पूरा अधिकार है। जिसे ऐशो आराम की जिंदगी चाहिये, उन्हें अपने-अपने गांव में जाकर बिंदास हवा खानी चाहिए। इस मुंबापुरी में वह नहीं चलेगा, मतलब नहीं चलेगा।

******

2.

ढला सूरज आमावस का

नहीं चलेगा, यानि क्या? सब कुछ मुंबापुरी से ही तो चल रहा है। अभी यह नहीं हुआ, शेयर मार्केट घोटाला मामला! यह मामला, वह मामला! पर जाने दो! उसकी बहुत चर्चा हुई है। गाड़ी में भी होती रहती है। परसों हम सहेलियों ने एक गाना बनाया है, आपको सुनना है?

"ढल गया सूरज अमावस का
मेरे हृदय में दरिया उफना अंधेरे का SSSS
ढल गया सूरज अमावस का
दसों दिशाएं कैसी मिट गयी
वन-वन में कुमुदिनी मिट गयी
नववधुएं जन मन में घबराई
भीषण रस चहुबाजू
उबला SS नर्क का SSSS आ आ आ
ढल गया सूरज अमावस का"

(नोट: यह गाना 'उगवला चंद्र पुनवेचा' इस ढंग पर बराबर बैठता है। गाके देखिये और विश्वास कीजिए। नहीं जमेगा तो एकाध शब्द इधर-उधर करके देखिए।)

तो पाठकों, इस गाने का आनंद (दु:ख) आपने लूटा (पचाया) होगा ही! पर उसके पूर्व मुझे एक सवाल पूछिए ना....... कौन सा?

यह गाना कैसे सूझा? तो इसका जवाब ऐसा है कि हमारा... ईना, मीना, डीका वगैरह का एक-एक ग्रुप है। उस दिन हमारी ईना गाड़ी छूटते-छूटते आयी। हम सब बैठे थे। ईना को देखकर हमलोग बोले, "या SS उगवला!" ('आओ SS आयी!') ईना का ध्यान हमारी बातों पर नहीं था। उसके बैठने के लिये जगह भी नहीं थी, इसलिए वह परेशान हो गयी थी। उसने अपना पर्स ऊपर रख दिया और हवा खाने के बहाने बाहर चली गयी। उसे गुस्सा जो बहुत आ रहा था। अभी देखो, गुस्सा नहीं आएगा तो क्या होगा उसे? एक तो वह दौड़-दौड़ के आयी थी। पसीना-पसीना हो गयी थी। जगह नहीं है, इसलिए गुस्से से आग बबूला हो गयी थी। काली-नीली हो गयी थी। गाड़ी में आजकल बहुत ही नये चेहरे आते हैं, ऐसा बोल रही थी। इसके अलावा 'गाड़ी बहुत ही जल्दी प्लेटफार्म पर लाकर लगा देते हैं', ऐसा भी कह रही थी। इसके अलावा 'बॉस ने जल्दी छोड़ा नहीं', कहती थी। 'निकलते-निकलते फिर बुलाकर काम बोला', बोल रही थी। पतिदेव से भी आज सुबह ही झगड़ा हुआ था।

पति से झगडा? यानि कि हमारा एकदम मनपसंद विषय! हमने उसे अंदर बिठाके उससे पूछताछ की। तभी पता चला कि पति को नौकरी वाली लड़की ही चाहिये थी शादी के लिए। उसका कारण अभी-अभी उजागर हुआ था कि नौकरी वाली लड़की होगी, तो लड़का सुख से और चैन से रह सकता है। खुद के वेतन में खुद का खर्च चलाया कि हो गया। लड़की अगर सिंसीयर होगी (बहुत बार वह ऐसी ही होती है), तो वह अपना, बच्चों का, घर के बाकी सदस्यों का खर्च चलाती है अपने वेतन से। इसके अलावा दोनों को मिलके खुदका घर लेना आसान होता है। ऐश की अन्य चीजें खरीदना आसान हो जाता है। अनगिनत फायदे गिनवा सकते हैं। पर विषय ना बदले, इसलिए इतना ही काफी है। तो ईना की दिनभर सबसे तनातनी हो चुकी थी। उसका कहना था कि

नौकरी वाली लड़की चाहिये यह तो सब समझते हैं, लेकिन उसके लिए क्या करना होता है यह ससुराल के लोगों को कभी भी मालूम नहीं होता है।

दोपहर के खाने में उसने कुछ मीठा खाया था, इसके कारण उसे बार-बार प्यास लग रही थी। इतना ही था कि खुद सांवली होने के बावजूद काला ड्रेस पहना था। बाकी कुछ खास नहीं था कि जिससे उसे गर्मी हो रही थी। प्लेटफॉर्म पर भीड़-ही-भीड़ होती है। इसलिए अपने डिब्बे तक आते-आते देर हो जाती है, इताना ही। पर ईना की फूली हुई नाक, दबे से होंठ, वक्र हुई भौंहें और माथे पर त्योरियां देखके मुझे इताना ही लगा कि 'उगाया' कैसा 'ढल गया' ही बोलना चाहिए। हो गया! गाना तैयार हो गया! 'मिटा चाँद/सूरज अमावस का' . फिर बहुत ही सोचकर सूरज को ही ढला दिया क्योंकि अमावस को चाँद उगता ही नहीं, तो ढलेगा कैसे? तो सुनो मित्रों और सहेलियों, ऐसी है इस गाने की जन्मकथा, गाड़ी में सूझी हुई।

******

3.

एक सब्जीवाली की कथा

गाड़ी में हमें कुछ-न-कुछ सूझता रहता है, याद आती है, महसूस होता है। कभी-कभी जो घटता है, वह सदैव स्मरण में रहता है......

उस रात भी ऐसा कुछ हुआ। डिब्बे में ज्यादा भीड़ नहीं थी। में सामने की बेंच पर पैर डालकर, आराम से हवा खाते-खाते जा रही थी। दिवा जंक्शन में एक औरत गाड़ी में चढ़ी। होगी अधेड़ उम्र की। काली-सफेद रंग की साड़ी पहनी थी। किसी नशे में होगी। नशा-पानी किए जैसी लग तो नहीं रही थी। आयी और मेरे सामने के बेंच पर बैठी और फिर सो गयी। डोंबिवली में गाडी करीबन खाली हो गयी। में यूं ही खिड़की से बाहर के लोगों को देख रही थी। थके-भागे हुए गाड़ी से उतरे लोग। सभी अपने घर के आकर्षण से और दिशा से घसीटते जानेवाले लोग। मेरा आधा ध्यान सामने की औरत पर। वह आंखों पर हाथ रखके आंखे बंद रखकर कुछ सोच रही थी। बीच में ही टकटकी लगाकर देख रही थी। मेरी ओर ही देख रही थी। मुझे लगा, पागल होगी तो? मात्र कल्पना से ही मेरे शरीर के रोंगटे खड़े हो गए। गाड़ी डोंबिवली से आगे जाने के बाद अगर यह उठकर मस्ती करने लगेगी या मेरी चीजें, गहने,

पैसे लूटने का प्रयास करने लगी, तो? मैं कल्याण तक सुरक्षित पहुंच पाऊंगी कि नहीं, ऐसा भी मन में आया। फिर, अब डोंबिवली मे ही उतरकर दूसरे डिब्बे में जाऊं क्या? ऐसा भी मन में आया... लेकिन केवल डर के मारे उतरना मेरे स्वभाव में नहीं था। मैंने अपना मन मजबूत बना लिया और सोचा - देखेंगे, क्या होता है आगे। अनुभव करने पडते हैं, मिलते नहीं हैं। सोचा, देखेंगे क्या अनुभव होगा वह। गाड़ी ने डोंबिवली स्टेशन छोड़ा। डिब्बे में एक भिखारी का बच्चा चढ़ा हुआ था और वह इधर-उधर कूद रहा था। एक-दो वयस्क महिलाएं दूसरी तरफ बैठी थीं। इसका मतलब कोई कठिन समय अगर आता है, तो मदद के लिए कोई आने लायक था ही नहीं। बाहर अंधेरा भरा हुआ था। अंदर, सामने की तरफ एक पागल सी औरत सोयी हुई थी। थोड़ी देर के बाद वह औरत उठकर बैठी। फिर तो मैं उसकी ही ओर देखती रही। वह झट से उठी और अपने पल्लू का सिरा टटोलने लगी। वहां पर एक गांठ बंधी थी। गांठ में कुछ बंधा हुआ था। बहुत देर तक टटोलने के बाद उसने वह गांठ छोड दी। उसमें कागज की तीन परचियां थी। एक-एक करके उसने वह खोली। आगे से, पीछे से उलट-पुलटकर उन्हें गौर से देखा। तभी तो उसके पागलपन पर मुझे पूरा यकीन हुआ। बार-बार वह उन कागज के टुकडों को आगे से पीछे, और पीछे से आगे की ओर पलट कर देखती रही। फिर झटके से उनको इकठ्ठा करके बेंच के नीचे फेंक दिया। दो-चार बार खुद के माथे पर मारा। खुद के गालों पर तमाचे मार लिये और फिर से लेट गयी। तब तक ठाकुर्ली स्थानक आया था।

मैंने गौर से उसकी ओर देखा। वह अचेतन पडी थी। लेकिन बाद में उसकी बंद आंखों से आंसू बहने लगे, तो मैं समझ गयी कि इसे किसी बात पर पछतावा हुआ होगा। लेकिन मैं कैसे पूछ सकती हूं? वह अगर पागल होगी, तो सीधा जवाब नहीं देगी। थोडी देर बाद सिग्नल के न होने के कारण गाड़ी बीच में ही कराहते हुई रुक गयी। मै घर जाने के लिए उतावली हो गयी थी। कब से एक पंखा घरघराता था। मैंने उठके उसे बंद किया। पंखे की घरघराट बंद होते ही वातावरण में कुछ शांति आयी और वह सामनेवाली औरत फिर से उठ बैठी।

'बघा की हो? देखो नं.... ' कहकर खुद ही मुझसे बात करने लगी। वह बोलने लगी इसमें ही मुझे तसल्ली हुई।

वह एक सब्जी बेचनेवाली औरत थी। कल्यान के बाजार में सब्जी बेचकर वह अपना पेट पालती थी। एक दिन बाजार में सब्जी बेचते समय एक साधु उसके पास आकर खड़ा हुआ। बोला, "बाई, तेरे जीवन में शांति नहीं है। तुझे पैसा पूरता नहीं है।" यह बोली, "हां बाबा! लेकिन आपने कैसे पहचाना?' इसपर बाबा बोला, "मैं ज्योतिष जानता हूँ।" उसने पूछा, "इसका क्या इलाज है?"

साधु बोला, "तुम शनिवार को रात के आठ बजे दिवा स्टेशन पर, प्लेटफार्म नं. 1 पर आकर मुझे मिलो। मैं वहीं पर तुझे एक चीज बनाकर दूंगा। वह चीज नित्य साथ में रखने से तेरे मन को शांति मिलेगी, धंधे में बरकत होगी। आते समय दस रुपये लाना मत भूलना।"

बाई ने विश्वास किया। जैसे बोला था, वैसे ही रात को आठ बजे वह दिवा स्टेशन पर पहुंच गयी। प्लेटफार्म नं. 1 पर बाबा को ढूंढा। बाबा एक कोने में दो-चार भाक्तों के घेरे में बैठा था। वह भी जाके उनमे शामिल हो गयी। बाकी लोगों के जाने के बाद बाई ने बाबा से वह चीज मांगी। बाबा ने पहले पूछा, "पैसे लाये हैं क्या?" उसने अपनी कमर में अटकाया हुआ दस का नोट निकालकर बाबा के हाथ में रखा। नोट जेब में रखने के बाद उसने वहीं पड़ा हुआ एक कागज उठाया, झटपट उसके तीन टुकड़े बनाकर उसकी परत बनायी और बोला, "इस कागज पर मंत्र डाले हुए हैं। इसे हमेशा तुम्हारे पल्लू में बांधकर रखना।"

वही कागज की परत को अपने पल्लू मे बांधकर वह वापस जा रही थी। सहज उत्सुकता के कारण उसने वह कागज खोलकर देखा। अंदर कुछ भी नहीं था। उन कोरे कागजों को देखते ही उसने अपना माथा पीट लिया। मेरे मन में आया, ऐसे इलाज से अगर गरीबी दूर होती, तो देश को वित्तमंत्री की जरूरत ही क्यों पड़ती? लेकिन जो हुआ, वह ठीक ही हुआ। इस अनुभव ने उसकी ही अंधश्रद्धा को मात दी थी। "फिर कभी ऐसे भोंदू बाबा के जाल में नहीं फसूंगी." ऐसा जब उसने मुझसे कहा, तो मैं गदगद हो गई। दस रुपये कमाने के लिए दिनभर कष्ट झेलने पड़ते थे। आज दिनभर कमाये हुए दस रुपये वह उस भोंदू बाबा को दे

आयी थी। अब घर जाकर क्या करना है, इस विचार से उसे रोना आ रहा था। पर मेरे साथ मन हल्का करने के बाद उसकी सारी हैरानी दूर हो गयी। गाड़ी कल्यान मे आकर रुक गयी। जाते-जाते वह फिर से बोली, "अब हाय तोबा! किसी भी भोंदू बाबा की बातों में नहीं आऊंगी।" उसका वह निर्धार आज भी मेरे मन पर नक्काशी बन के बैठा है। गरीब से गरीब औरत का यह फैसला बहुत कुछ सिखा गया... और ऐसा भी अंधविश्वास होता है, इसका एक सबक मुझे भी मिला था बातों-बातों में।

******

4.

दुविधा एक भावुक मन की

बातों-बातों में अनेक बातें गाड़ी में सुलझ जाती हैं। सोना, एक ऐसी ही रोज की सहयात्री। अत्यंत शांत और मूक रहनेवाली। किसी का भी ध्यान प्राय: नहीं जाने जैसी, लेकिन जब हंसती थी तो उसकी आखों से कुछ अलग ही भाव छलकते दिखाई देते थे। ऐसा लगता था कि इसे कुछ कहना है।

एक दिन मैंने ही उससे बात करने की सोची। तब इतना ही पता चला कि एक-डेढ़ साल पहले उसका विवाह हुआ था। घर में सास, ससुर, देवर वगैरह, सब लोग हैं। ससुराल में उसे कोई भी तकलीफ नहीं है। रसोईघर में भी देखना नहीं पड़ता है। शादी भी उसकी पसंद से हुई है। फिर यह इतनी उदास क्यों रहती है?

ऐसे ही बातों-बातों में एक देखा कि एक एलबम लेकर सोना बार-बार उलट-पुलट कर तस्वीरें देख रही थी। बहुत देर के बाद मैंने कहा, "देखूं तो, किसका एलबम है?" उसके मां-बाबूजी की शादी के पच्चीस साल पूरे हुए थे, तभी का यह एलबम था। समारोह बहुत ठाठ-बाट से हुआ होगा। मां भारी जरी का सालू, गहने पहनकर नववधू जैसी सजी

थीं। पिताजी भी रोबदार दिख रहे थे। उसकी मां की तस्वीर को गौर से देखा, चेहेरे के साधर्म्य को छोड़कर सोना के स्वभाव से, उसके रहन-सहन से उसका कुछ भी मेल नहीं था। मुझे आश्चर्य हुआ कि सोना की, उसके पति की, ससुरालवालों की एक भी तस्वीर नहीं थी। इसलिए मैंने पूछा, "सोना, तेरी तस्वीर कहां है इसमें?'" सोना की आंखों में आंसू भर आये और बेचैन होकर वह एलबम लेकर अपनी जगह पर जाकर बैठ गई।

दूसरे दिन उसने खुद आकर सारी हकीकत बतायी। उसका लव मैरिज हुआ था। उसके ससुरालवालों ने शादी का बाकायदा प्रस्ताव रखा था, लेकिन मां-बाप का कहना था कि इतने गरीब घर में लडकी हमें देनी नहीं है। सोना ने उन्हें बहुत समझाया कि उसे उस लड़के से प्यार है, लेकिन मां-बाप मानने के लिए तैयार नहीं थे। आखिरकार सोना ने घर से भाग कर शादी की। ससुरालवालों ने उसे प्रेम दिया, लेकिन कुछ दिनों बाद घर के खर्चों में मदद कर सकने के लिये सोना ने नौकरी शुरु की।

लेकिन बीस बाईस साल की उस कोमल यौवना को मायके वालों ने संबंध तोड़ने की वजह से मानसिक रूप से दुविधा होने लगी। वह अपनी गृहस्थी में सुखी थी, लेकिन मां-बाप से दुराव होने की बात उसे खोखला बना रही थी। ऐसे तो हर लड़की को लगता है कि अपना, अपने पति का, ससुरालवालों का सम्मान मायके वालों को करना चाहिये। अपनी लड़की का ठीक-ठाक चल रहा है कि नहीं, वह मानसिक दृष्टि से उस घर में घुल-मिल गयी है कि नहीं, इसपर बारीकी से नजर रखना मायके वालों का भी कर्त्तव्य होता है। मानसिक स्तर पर एक बार उसका मेलजोल हो जाने पर अगर मायके वाले उसपर ध्यान न दें, तो चलता है, अन्यथा दोनों तरह से अपना आधार खो जाने का एहसास लड़की को आहत करता रहता है।

सोना के मां-बाप ने उनके मन के विरुद्ध शादी करने से उसको अलग-थलग कर दिया था। इसलिए, अपनी भरीपूरी गृहस्थी में भी आज वह एकदम अकेली हो गयी थी।

सोना की भावनात्मक हत्या हो रही थी। अपने मां-बाप की शादी की पचीसवीं वर्षगांठ पर आयोजित समारोह में उन्होंने उसे बुलाया नहीं,

यह अपमान तो उसके मन में खल ही रहा था, लेकिन खुद के अपमान से ज्यादा शौहर का तथा ससुराल वालों का अपमान उसे ज्यादा चिंतित कर रहा था। यह सब उसने मुझे बताया। कुछ दिनों बाद सोना जहां पर काम कर रही थी, वह कंपनी बंद हो गयी। उस दिन गाड़ी का उसका आखरी दिन था और यह विचार मेरे मन में आया कि शायद सोना फिर से नहीं मिलेगी। और हुआ भी वैसे ही। वह फिर से दिखाई नहीं दी। फिर भी, उसका चेहेरा मुझे आज भी याद है और उनकी लड़की उनसे दूर हो गयी, इसका जरा भी मलाल चेहेरे पर न दिखनेवाली उसकी मां का भी। यह याद आते ही मैं सोचने लगती हूं कि क्या मां इतनी कठोर हो सकती है?

फिर से किसी कार्यालय में काम खोजने का उसका विचार था। अपनी गृहस्थी के लिए चाहे जितने कष्ट हो, वह झेलेगी ही... लेकिन नववधू के वेश में समारोह में अकड़नेवाली, लड़की के दूर होने का कोई भी चिह्न चेहरे पर न रखने वाली उसकी मां के बारे में मेरे मन में घृणा उत्पन्न हुई। अपनी नवविवाहित लड़की कैसी दिखती होगी, इसकी उस स्त्री को जरा भी फिक्र नहीं थी। सोना गर्भवती थी। उसकी मां से होनेवाली गलती वह कभी नही दोहराएगी बल्कि उसे जरूर सुधारेगी और अपनी लड़की को वह किसी भी तरह की मानसिक दुविधा होने नहीं देगी, इसका मुझे पूरा विश्वास है।

******

5.

यह ऐसे ही चलेगा

हम सभी को सामना करने के लिए बाध्य करने वाली मानसिक दुविधा की स्थिति यह बहुत बड़ी बात है। सभी चीजें कभी भी अपने मन के मुताबिक नहीं होतीं... और गाड़ी में तो समझो करीब-करीब असंभव ही। हमें कौन सी गाड़ी मिलेगी, मिलेगी तो चढ़ने को मिलेगा क्या? गाड़ी में चढ़ सके, तो सुरक्षित अंदर पहुंचेंगे क्या? पहुंचेंगे, तो बैठने को जगह मिलेगी क्या? खिड़की मिलेगी क्या? खिड़की की जगह मिली भी, तो राईट साईड की, यानि गाड़ी की दिशा में हवा की खिड़की मिलेगी क्या? वैसी मिली भी, तो आराम से बैठ पाएंगे क्या? बैठे, तो पैर थोडा फैला सकेंगे क्या? ऐसी हमारी बहुत सारी कामनाएं होती है। वो सारी पूरी होंगी ही, ऐसा कोई निश्चित रूप से नहीं बता सकता। इसके विपरीत बातें होने की हमने मानसिक तैयारी रखी और वैसा नहीं हुआ, तो फिर अपनी यात्रा सुखद होती है। अभी आप पूछेंगे कि इसके विपरीत यानि क्या? तो देखिए, हम एक विशिष्ट गाड़ी मन में रखकर घर से निकलते हैं। निकलते हैं या नहीं? फिर वह विशिष्ट गाड़ी कभी-कभी हमें चकमा देकर निकल भी जाती है। हमें प्राय: एक क्षण की देरी होती है और वह गाड़ी

निष्ठुरतापूर्वक हमारी आखों के सामने से निकल पडती है। लेकिन हम चिढ़ जाते हैं, खुद से ही बकबक करने लगते हैं क्योंकि तभी अपनी सुनने के लिए आसपास कोई नहीं होता है। ऐसे समय मुझे आसपास एक भी मराठी आदमी दिखाई नहीं देता है। जिसे देखो, भैय्या या अप्पा दिखाई देते है। इसलिये ऐसे समय में मैं क्या बडबडाती हूं, यह किसी को भी समझ नहीं आता है। यदि किसी को कुछ सुनाई देता है, या सुना हुआ समझता है, तो मानो उस व्यक्ति के चेहेरे पर मेरी छटपटाहट के बारे में कोई जानकारी होने का कोई सूचक चिन्ह नहीं होता है। अजी, यहां मेरी गाड़ी छूट गयी है, मुझे देरी हो रही है, और मैं बड़बड़ाती रहती हूं, तो भी उसका किसी पर कुछ असर नहीं होता है। तो सुनो सज्जनों, आप भी सोचिए कि उनको क्यों नहीं समझ आता है? तो अभी मेरे ध्यान में आया है कि उनकी यात्रा पूरी होकर 'हुश्श' करके वह अभी इसी स्टेशन पर उतर कर बाहर जाने के चक्कर में होते हैं। इसलिए हमारा बोलना उनके कानों में नहीं पडता। तो सज्जनों, ऐसे यह चहेती गाड़ी अपने हाथ से खिसकती है। यहां मुझे कभी-कभी अखबारों की सुर्खियां आंखों के सामने चमकने लगती है और उसी समय आंखों के सामने जुगनू भी चमकने लगते हैं, दफ्तर जाने के लिए देरी होगी इसलिए। तो खबरें इस प्रकार की होती हैं, कि फलाना-फलाना टोली के गुंडे पुलिस के चंगुल से भाग गये। अथवा, फलाना कैदी कैदखाने से भाग गया। अथवा, पुलिस की हथेली पर अरहर..... इत्यादि-इत्यादि। यानि कि एक तो यह गाड़ी हमारी हथेली पर अरहर देकर भागी हुई होती है अथवा, बेहिसाब देरी करके अपनी जान को भी बेचैन करती है।

यह गाडी पकड़ने में हम अगर कामयाब हुए, तो भी गाड़ी में चढ़ सकेंगे, ऐसा नहीं। (उदाहरण के तौर पर डोंबिवली स्टेशन प्लेटफार्म नं. 5. चढ़े तो भी व्दारयुद्ध से सलामती से हाथ पैर की खैरियत के साथ अंदर पहुंचते हैं कि नहीं, इसकी साक्षात् जांच ही करनी चाहिए। कभी घड़ी का पट्टा निकला हुआ रहता है, कभी कांच की चूड़ी टूटकर हाथ में घुसी होती है, कभी कहीं खरोच आती है। पर्स तो कटी हुई नहीं है न? उसके पट्टे ठीकठाक तो हैं न? यह भी देखना पडता है। जूते ठीक हैं और बदन पर कपड़े फटे तो नहीं हैं? कान का, गले का पहना हुआ अपनी जगह पर तो है? माथे की बिंदी लुढकी तो नहीं न? बालों की लट तो चोटी से बाहर नहीं आयी है न? या,

बॉबकट किये हुए बाल बिखर तो नहीं गये हैं? इतनी सारी जांच गाड़ी में चढ़ते ही तुरंत करनी पड़ती है। वह भी धक्का देते और लेते हुए। उसमें ही एक-दूसरे के पैर एक-दूसरे के पैरों पर अपने आप गिरते रहते हैं। और नाजुक अंगुलियां मसल जाती हैं। पर इतना सब होते हुए भी हमारा ध्यान सच में कहां होता है, मालूम है? यह पूरा ध्यान कौन-कौन, कहां-कहां उतरने वाला है और हमें कहां बैठने को मिलनेवाला है, इसका इंतजाम करने मेंहोता है। फिर वो नाजुक अंगुलियां थोड़ी-सी मसल भी जाती हैं, तो क्या बिगडता है? बैठने पर पैर सीधा हो जाएगा। ऐसी एक भोली भावना मन में घर किये हुए होती है। लेकिन सज्जनों, रोज कहां हमें बैठने को मिलनेवाला है! सच बोलो तो सीधा खड़ा रहने को जगह मिलेगी ना, तो भी रेल मंत्री जी का कितना आभार प्रकट करूं ऐसा हमें लगने लगता है। ऐसे समय एक सूचना हमें 'रेल के सूचना-बक्से' में जरूर डालने का मन करता है। लेकिन ऐसा लगता है कि हमारी सूचना, 'सूचना-बक्से' से सीधे कूड़ेदान में ही गयी, तो क्या करना? इसलिए, बहुत दिनों से हम सूचना डालने का सोच रहे हैं, लेकिन डाल नहीं रहे हैं। कोई जॉर्ज जैसे मंत्री महोदय हमारी सूचना, 'सूचना-बक्से' से निकालकर अपनी मेज पर विचारार्थ लेने का हमें जाहिर तौर पर आश्वासन देते हैं, तो हम रेल को एक सूचना देना चाहते हैं। वह इस तरह होगी : रेल को 'खड़ा-पास' के नाम से अलग से एक पास देना चाहिए। 'बैठने का पास' अलग। जिन्हें 5-10 मिनटों से ज्यादा देर तक खड़ा रहना पडता है, उनके लिए सहूलियत दरो में 'खड़े होने का पास' देना चाहिए। फिर हमारी गाड़ी की भीड़ या भीड़ की गाड़ी के बारे में कोई शिकायत नहीं रहेगी।

फिर क्या सज्जनों, हमारी सूचना भायी की नहीं? तो, मैं क्या बता रही थी कि, गलती से भी कभी बैठने को जगह मिली, तो कोई पहचान वाला ना मिले ऐसी एक उम्मीद रहती है। पर इतना नसीब कहां? कोई तो भी एकदम गर्भवती औरत की तरह मुंह बनाकर सामने खड़ी ही होती है। यानि, 'जगह मिलेगी' इस आशा पर इतनी देर धीरज रखने से पांव और कमर में कितना दर्द हो रहा है, यह नीचे बैठते ही समझ आने लगता है, तब तक ऐसी कोई सामने खडी रहे तो फिर सींने मे दर्द होने लगता है। अच्छा समझो, नसीब जोरों पर है, आसपास कोई भी पहचान वाली खड़ी नहीं है, तो भी बगल में कौन होना चाहिए, इसके बारे में हमारी कई कल्पनाएं होती हैं। उन कल्पनाओं को भंग करते हुए कोई तगड़ी औरत यकीनन अपने बाजू में

होती है। उसका दंडाधिकार हमें महसूस हुए बिना नहीं रहता है। दोनों बाजू ऐसी तगड़ी होगी, तो फिर खड़े रहना ही बेहतर है, ऐसे कहने की बारी आती है। और इस तरह, मिली हुई जगह साफ किसी को दान करने का मन करता है। लेकिन उस समय कोई सत्पात्र मिलना चाहिए न? वैसा कोई नही मिलने से हम बैठे ही रहते हैं। मन-ही-मन बोलते रहते हैं, 'आलिया भोगा सी' यानि, जो नसीब में है वह भुगतो।

समझो, एकदम राईट साईड विंडो मिली। तो आप बोलेंगे कि फिर क्या तकरार? ऐसा कैसे कहते हो आप? तकरार ही नहीं, ऐसे जीने में कोई अर्थ है क्या? मैंने तो ऐसा निश्चित अनुभव किया है कि,

'खिड़की के पास खड़े हो जाओ!' ऐसा कहते हुए कोई अम्मा अपने दो-तीन बच्चों को खिड़की में ठूस देती है। फिर वो बच्चा-कंपनी अपने पैरों पर पैर देते, नाचते रहते हैं, अंदर-बाहर करते रहते हैं। कभी-कभार एकाध बच्चा हवा के झोंके से सोने लगता है। फिर हमें उसे गोद में लिए बगैर चारा नहीं रहता है। इस पूरे यातायात में उनकी मां बेफिक्र होकर खड़ी हुई होती है, लेकिन हमें थकान लगती है। ऐसा नहीं हुआ, तो कोई हट्टी-कट्टी या अनपढ़ महिला खिड़की पर पीठ लगाकर सीधे खिड़की में ही बैठ जाती है, जैसा कि सिर्फ उसको ही गर्मी लग रही है और हम गर्मी होने का केवल नाटक कर रहे हैं। फिर कभी हम कुछ कहने का प्रयास करें, तो तोपखाना शुरु हो जाता है। फिर वह झंझट निबटाने से अच्छा कि हम चुप ही बैठें। और समझो, जिस दिन ऐसा कुछ भी नहीं हुआ, तो उस दिन हवा ही बंद हो जाती है। अथवा झट से बारिश आ जाती है और खिड़की ही बंद करनी पड़ती है। अब बोलो, किस-किस प्रसंग को आप झेलेंगे? फिर मैं कहती हूं कि ऐसी बातें होंगी, ऐसा मान लेंगे और फिर दिन के आखिर तक इसमें से कौन-कौन सी घटनाएं नहीं घटीं, ऐसा विचार करेंगे तो आज हम जीत गये, ऐसा ही कहना होगा। और कल की यात्रा की अपनी मानसिक तैयारी होगी न? तो सज्जनों, यह ऐसे ही चलेगा, जब तक आप और मैं नौकरी करते हैं न, तब तक!

******

6.

सुविधा एक की, असुविधा दूसरे की

आप और मैं नौकरी करते हैं न, तब तक क्या-क्या होता है, जानते हो आप? कितनी दादियां या नानियां राह देख रही हैं कि अम्माओं की नौकरी कब खत्म होगी? ....

ऐसी ही एक नानी मुझे गाड़ी में मिली। उस दिन शाम को मैं वापसी की यात्रा कर रही थी। मेरे बगल में चौथी सीट पर आंचल पल्लू बांधकर, हाथ में एक थैली पकड़े एक बूढ़ी औरत आकर बैठी। दिनभर की यातायात से मैं एकदम थक गयी थी। किसी से भी एक लब्ज भी बोलने की मेरी इच्छा नहीं थी, लेकिन बगल में आकर बैठी नानी चुप बैठने को तैयार ही नहीं थीं। मैंने जरा सा अपना मुंह उसकी तरफ घुमाया, तो उसने सीधी मेरी पूछताछ ही शुरु कर दी। "तुम नौकरी करती हो क्या? कहां? ...." इत्यादि-इत्यादि। मेरे बच्चों की पूरी जानकारी उसने हासिल की। फिर मुझे भी उसके बारे में जानने की उत्सुकता हुई, इसलिए मैंने सहज ही पूछा, "आजीबाई, थैली में क्या है?" ' उसने कहा, "खाने का डिब्बा।" मैंने पूछा, "खाली या भरा हुआ?'" उसने बताया, "भरा हुआ है।" "भरा हुआ? इस समय?" मैंने साश्चर्य पूछा। 'हां जी....' कहते

हुए उसने अपनी दास्तान बतानी शुरु की और मेरे ध्यान में आया कि यह औरत पूरे दिन अपनी लड़की के यहां रहती है। उसकी बेटी पाठशाला में शिक्षिका है। घर में छोटा बच्चा है, उसे सम्हालने के लिए वह कल्यान से कलवा जाती है, दिनभर लड़की के घर रहती है। शाम को फिर से कल्यान के अपने लड़के के घर वापस आ जाती है। फिर सुबह उठकर लड़की के यहां। फिर मैंने पूछा, "ऐसा क्यों? फिर आप लड़की के घर ही क्यों नहीं रहतीं? रात को फिर लड़के के घर क्यों आती हो? छुट्टी के दिन आ जाओ लड़के के घर, या आपकी लड़की ही बच्चे को बाहर रखे पालनाघर में।"

नानीने अपनी सारी हकीकत मुझे बतायी. ' लडके की परिस्थिति गरिबी की है. उसे तीन बेटिया है. बहू एक अस्पताल मे रातपाली मे काम करती है. लडका भी दिनभर एक निजी कंपनीमे काम करता है. दिनमे बेटीयोंकी मां उन्हे सम्हालने के लिए घर मे होती है. लडकी के घरकी परिस्थिति अच्छी है. उसके बच्चे को सम्हालने के लिए मै जाती हूं.मेरा खानापिना वहाही होता है. उसका शाम का खाना भी मै पकाकर रखती हूं. कम जादा बचा खुचा डिब्बेमे भरके मै यहा लेके आती हूं. बच्चोंके लिए. रात को बहू कामपर गयी कि बच्चे सम्हालने के लिए मै लडके के घर आती हूं. '

अब आपही सोचिए बच्चोंके गृहस्थी की गाडी खिंचने के लिए इस बुढीने खुद की जान की कितनी खिंचतान करनेकी ? ऐसे समय अगर लडकी या बहू कोई एक नौकरी छोड सकती है ऐसी केवल कल्पना भी इस औरत के सामने रखी तो भी वह मन ही मन मे छुटकारे का उच्छवास छोडेगी या नही ?

******

7.

हथेली पर मेहंदी, होठों पर तबस्सुम!

छुटकारे का उच्छ्वास हम लोकल के बारेमे अलग अलग समयपर छोडते है. बिलकुल शुरुआत से बताए तो हम गाडी फलाटपर आनेसे पहले पहुंच गये हो, टिकट की लंबी लंबी कतार मे खडे रहके, चीटीके पैर से आगे आगे खिसकते हुए, बीच बीच मे घुसनेवाले आवारोंको भगा देकर जब हमारा नंबर आता है, तो उसी समय खिडकी 'हिसाब के लिए बंद ' करके सामनेवाला बाबू 'पेशाब ' के लिए ना जाते हुए हमे टिकट मिल जाती है, छुट्टे पैसोंका हिसाब मिल जाता है और कतार की बाजूमे जो भी अपना कोई व्यक्ति खडा हो,जिसका हमने टिकट लिया है, वह मिलता है और हम उसे बताते है कि 'टिकट मिला है अब चलो !' तभी, बादमे गाडी वक्तपर आयी हो, गाडी मे सहीसलामत चढे हो, बैठनेको जगह मिली हो, उपर घरघराता पंखा न होकर हवा लगती हो, खिडकीकी जगह मिली हो, और सबसे महत्त्वपूर्ण यह बात है कि गाडी अपने गंतव्यस्थान पर निर्धारित समयपर पहुंची हो तो छुटकारे का उच्छवास छोडने मे जो मजा है, वह किसी मे भी नही. रेलने ऐसे अनेक

क्षण हमारे लिए आरक्षित रखे है उन्हे हम केवल सोनेके कण समझके चुगने है. तोही उसके मनभर अलंकार हो सकते है.

अजी ओ ! अलंकार कहनेपर याद आयी देखो मुझे उस तबस्सुम की. तबस्सुम के पिताजी को उसपर मनभर अलंकार लदने नही आये, तो शौहरने उसे तलाक दे दिया. और वह सदा के लिए बाप के गलेका अडगोडा बन गयी. जादा पढी लिखी नही थी, पर दिखनेमे सुंदर ऐसी तबस्सुम उस दिन मेरे सामने खडी थी. मुझे कभी नही तो मिलनेवाली खिडकी की जगह मिली थी. अब यह औरत हवा रोककर सामने खडी रहेगी इसलिए शुरू से ही मुझे उसपर गुस्सा आया था. मेरे बारेमे बहुत बार ऐसाही होता है. मै मन ही मन उसका उद्धार कर रही थी लेकिन सबके सामने कैसे गुस्सा दिखा सकती है इसलिए मन ही मन तडप रही थी. उसने हरी फीकी पडी सलवार, भूरे लाल रंग की चुनरी ओढी थी. दिखने मे सुंदर होते हुए भी इन कपडो मे उसका सुंदर रूप ढक गया था. प्रसन्नता की एक रेखा भी चेहेरेपर नही दिखाई देती थी. लडकी मुंबई मे नयी तो नही होगी ? ऐसा सिर्फ मन मे आया तो मैने उसकी ओर थोडे गौरसे निहारा. वह देहाती नही दिखती थी. गेहुए वर्णकी, ऊंची , कसके एक चोटी बांधी हुई, वह खुद के ही धुन मे थी. अपनी बायी हथेली खिडकी मे रखकर सुखा रही थी. आश्चर्य से मैने हथेली की ओर देखा, हथेलीपर सुंदर ठसाठस भरी हुई मेहंदी नक्काशी की हुई थी. और वह गीली मेहंदी सुखाने की वह कोशिश कर रही थी. सहज ही पूछने के लिए मैने पूछा, 'मेहंदी निकाली है हाथपर ?' 'जी हां ! ' उस 'जी हां ' ने मै चकरा गयी. इतनी अदब , इतनी मिठास जबानपर ! मेरे बोलनेसे शायद वह हर्षित हुई होगी. उस आनंदमे ही हथेलीपर की मेहंदी की ओर देखकर मधुर मुस्कान भरी. हथेली पर मेहंदी, होठोंपर तबस्सुम ! बस, उसी स्मितहास्यने मुझे जीता. बादमे मैने अपने हाथोंमे उसका हाथ लेकर उसकी मेहंदी देखी. उसने खुद ही वह नक्काशी बनाई थी. किसी गोदाम मे अनाज छानने की नौकरी वह कर रही थी. पर मेहंदी का शौक होने की वजह से शाम को काम से छुटने के बाद वह एक मेहंदी क्लास मे जाती थी. वहासे आकर यह गाडी पकडती थी. उतरने के बाद वह आधा मील चलकर जानेवाली थी. उसमे ही उसका रोजा चल रहा था. बोलते बोलते उसने उसे अपने शोहरने छोड देने की बात बतायी. पती ने छोडी

हुई यह स्त्री मेहंदी के सहारे अपना जीवन व्यतीत कर रही थी. हमें जो सुख नही मिला वह औरों को मिले इस सदिच्छा से वह औरों के हाथ मेहंदी से रंगाती थी. बाप के गले मे अडगोडा बनी तबस्सुम शोहर के गले का ताईत बन सकती थी अगर गहनोंकी शर्त ना होती ! मेरी खिडकी की जगह हमने अपने आप ही बांट ली. उस दिन वह बहुत ही थकी हुई थी. इसलिए उतरने के बाद बससे जानेके लिए मैने उसे एक रुपया निकालकर दिया. वह बोली, 'मै कल आप को यह रुपया लौटा देती लेकिन मेरी क्लास की टीचरने मुझे और एक घंटा रुकनेको बोला है. वह बोलती है, तेरा अभी बहुत सिखने का बाकी है. ' मैने कहा, 'जब मिलेगी तब दे देना.'

सच बोलो तो वह रुपया मैने उसी क्षण मन से छोड दिया था. लेकिन उसे हडपने की उसकी इच्छा नही थी, नेकी से उसे वह वापस करना था, इसलिए उसकी प्रामाणिकता को ठेस ना पहुंचे इसलिए मैने उसे बोला, 'जब मिलेगी तब दे देना. ' और 'अच्छा !' बोलके वह चली गयी. अभी भी वह मुझे मिली नही है पर वह मिलेगी ऐसी मुझे आशा है. उस रुपये के लिए नही लेकिन उस 'तबस्सुम' के लिए. अभी भी गाडी की खिडकी मे कोई औरत आकर खडी रहती है तो मुझे प्रथमतः तबस्सुम ही आयी है ऐसा लगता रहता है.

******

8.

शकुंतला की ऐसी भी बिदाई....

ऐसा लगता रहता है कि गाडीमे जितनी भी महिलाए है, उस हरेक की अपनी एक स्वतंत्र कहानी होती है.

उसे मै हमेशा मेरे डिब्बेमे देखती थी. वैसे वह थी भी आकर्षक. किसीका भी ध्यान आकर्षित कर लेने जैसी. लेकिन उससे कभी बातचीत नही हुई थी. लेकिन उस दिन अचानक वह मेरे पास आके बैठी. सफेद साडीपर हरे रंग का नाजुक डिजाइन. और लंबे लंबे बालोंपर लगाया ठसाठस भरा हुआ फूलोंका गजरा. हरा ब्लाऊज, हरी चुडिया. बहुत ही खूबसूरत दिख रही थी वह. मुझे मन ही मन मे बहुत ही अच्छा लगा. मैने हसकर उसकी ओर देखा. तब वह भी प्रेम से हसी. उसने मेरी पूछताछ शुरू कर दी. लेकिन बोलते समय वह बीचमेही कुछ धुनमे अपने मन मे ही हसती होगी ऐसा मुझे लगा. मुझे वह बहुतही अनोखा लगा. .....

मै जरासी सावधान होकर उसकी पूछताछ करने लगी. मेरे सवाल शुरू होतेही वह ....शकुंतला नाम था असका..... एकदम गंभीर बनके बताने लगी, ' घरमे मेरी मा, पिताजी, हम दो बहने और एक भाई था. तीन साल पहले पिताजी अचानक गुजर गये. इसलिए हालत एकदम खराब

हो गये.उसमेही मेरी बडी बहनने घरसे भाग जाके शादी की. मेरा भाई फालीजसे बीमार है. उसकी एक बाजू पूरी निकम्मी हो गयी थी. इसलिए उसे पढाई भी बीचमेही छोडनी पडी थी. बहन के जानेके बाद मा भी बेचैन रहती है. पिताजी गुजर गये तब मै कॉलेज मे पढती थी. लेकिन बाद मे फिज भरना भी मुश्किल हो गया. तब मुझे कॉलेज छोडना पडा. लेकिन मेरा टायपिंग हुआ था इसलिए मुझे नौकरी मिली. फिर भी कॉलेज के एक लडकेने शादी के लिए पूछा था. लेकिन मांने नकार दिया क्योंकि वह हमारा जातवाला नही था. '

'फिर तुम कुछ बोली नही ?'

'बोली, लेकिन मां बोली, तू शादी करके जाएगी तो हम दोनोंको कौन सम्हालेगा ? इसलिए मैने मेरी शादी का विषयही दिमागसे निकाल दिया. '

' लेकिन अब तुम ऐसी कितने दिन रहोगी ? कोई लडका ऐसा ढुंढो कि वह तुम्हारे मां और भाई दोनोंको भी सम्हालनेको तैयार होगा ?'

'है ना दीदी ! मेरा बॉस ही मुझे पूछ रहा है. उसे मैने मेरी सब हकीकत बता दी है. वह मेरे मां और भाई दोनोंको भी सम्हालनेको तैयार है. लेकिन यहा भी मेरा दुर्भाग्य आडे आता है. '

'क्यों ? वह तुम्हारा जातवाला नही है ?'

'वैसा भी नही है वह मेरा जातवाला भी है. लेकिन मुझे डर लग रहा है कि अब अगर मेरी मां ने ना बोला तो मुझे मेरे बॉस को मुह दिखानेकी भी जगह नही रहेगी. और फिर दूसरी जगह पर इतनी अच्छी नौकरी तो मिलेगी क्या ? '

बोलते बोलते उसकी आंखोंमे पानी आया. मुझे कुछ पुछंनेका था इसलिए मैने पूछा, ' तुम्हे तुम्हारे बॉसपर भरोसा है नं ? वह दिया हुआ वचन निभाएगा नं ?'

'जी हा. पक्का निभाएगा. वह बहुतही सज्जन आदमी है. '

' फिर तू मां को सब कुछ बता दे. और वह ना बोलेगी तो भी तू उसके साथ ही शादी कर. '

'लेकिन मां गुस्सा करेगी तो ?' फिरसे उसकी आंखोंमे पानी भर आया.

मैने उसे समझाया, ' देखो मां और भाई के लिए तू सब कुछ करने के लिए तैयार है यह ठीकही है. लेकिन तू खुदकी भी अनदेखी करना ठीक नही है. अभी भी तेरी इतनी उम्र नही है. तू जल्द से जल्द शादी कर ले. और कुछ ही दिनोमे तेरी मां का गुस्सा शांत होगा. तेरी गृहस्थी ठीक से सम्हाल के तू उन्हे भी सम्हाल. लेकिन अब अगर तू पीछे हटती है तो जिंदगीभर तुझे ऐसाही रहना पडेगा. उससे अच्छा यह है कि तुम भी खुशहाल रहो और उन्हे भी खुशहाल रहने दो. ' मेरी उस सलाह से शायद वह सुकून महसूस करती होगी.

डोंबिवलीमे उतरते समय उसने नीचे झुकके गाडी मे ही मेरे पैर छुए. और मेरा आशीर्वाद मांगा. उसके पीठ पर हाथ रखते हुए मुझे ऐसा लगता था जैसे मै उसकी बिदाई कर रही हूं.

******

9.

यमुना तुम कहां हो ?

उसकी बिदाई की लेकिन यमुना मैके आयी तो हमेशा के लिए. एक दिन मानखुर्द से वीटी जानेवाली – उन दिनो मै कुछ दिनो के लिए चेंबूर मे रहती थी – भीड की गाडी मे महिलाओंकी डिब्बेमे यमुना मुझे मिली. दूसरे सीटपर बैठी हुई औरत खुदही हिली और मुझे चौथे सीटपर ठीक से बैठने को मिला. इसलिए मैने थोडे आश्चर्य से उसकी ओर देखा. उसकी मीठी मुस्कान. मै भी हसी. थोडी देर के बाद हमारे बीचवाली औरत गाडीमेसे उतर गयी. फिर हम दोनो बाजूबाजू मे आ गये.

उसने पूछा, ' कितने बजे ?' मैने बोला, 'दस.' उसे शायद देरी हो गयी हो ऐसा लगता था. उसकी ओर देखके मुझे ऐसा लगा कि, इस नऊवार पहनी, कुंकुमका बडा तिलक लगायी पैरोमे प्लॅस्टिक की चप्पल पहनी और हाथमे गेडुरी जैसा एक कपडा पकडे हुए औरत को देरी होने का कारणही क्या ? ऑफिस जानेवालोंके बारेमे यह ठीक है. लेकिन उसका पछतांना चालूही था. फिर तो मुझसे रहा नही गया. मैने पूछा, 'तुम्हे देरी हो रही है क्या ? '

'जी हां. कामपर जाने को देरी हो रही है. '

'कहापर जाती हो आप कामपर?'

'कॉटनग्रीन मे गोदाम मे काम करती हूं. अनाज पछोरने का काम है. कभी देरी हो जाती है तो दूसरी औरतोंको वह काम दे देते है. फिर मेरा दिन खाली जाता है.'

केवल उपस्थितिपत्रकपर बॉसने क्रॉस मारना अलग है और पहुंचनेको देरी हुई करके कामही न देते हुए वापस भेजना अलग है. फिर तो उसका बुदबुदाना स्वाभाविक था. मुझे उसके प्रती सांत्वना पैदा हुई.

फिर मैने उसकी थोडी पूछताछ शुरू की. यमुना उसका नाम था. मानखुर्द मे रहती थी.घरमे कौन कौन है ? पूछतेही अभीतक सीधा चल रहा संवाद थोडासा जटिल होने लगा है ऐसा उसके चेहरेसे लगा. लेकिन धीरे धीरे साब कुछ बता दिया बेचारी ने. तीन साल पहले उसकी शादी हुई थी. एक देहात मे उसका ससुराल था. उस देहात की तुलना मे यह शहरकी थी. थोडी बहुत पढी लिखी भी थी. लेकिन एकही गुनाह था कि पिताजीसे कबुली हुई चीजें लाती नही थी. इसलिए ससुरालवालोंने तकलीफ देना शुरू किया. इतना कि एक दिन रातभर उसे घरके बाहर ही रखा. उस रात वह आंगन मे ही बैठी रही. सुबह होतेही उसका भाई अचानक वहा पहुंच गया. देखता है कि उसकी दीदी आंगनमे दहलीज पर माथा टेककर बैठी थी.

उसने पूछताछ की. तब पता चला कि ऐसा हमेशाही होता था. भूखा तो रखने के प्रकार कई बार होते थे. हर समय मैके जाने के समय तो वह भयभीत होती थी. क्योंकि मैकेसे आते वक्त बतायी हुई चीजे नही लायी तो तुरंत वनवास शुरू होता था. यह सब सुनके भाई का खून खौल गया. उसने उसे उठाया. उसके ससुरालवालोंको भी निंदसे उठाया.

' तुम्हारी बहन को ऐसा किसी ने रातभर घरसे बाहर रखा तो चलेगा क्या ? ' ऐसा सवाल भी पूछा. और बहनको लेके घर वापस आया तो सदा के लिए. दूसरा कोई चारा नही था. पर वह बोली, ' मुझे किसीपर बोझ बनके नही जींना है. 'इसलिए उसने गोदाम की यह नौकरी स्वीकार कर ली और अब खुद कमाके भाई के घर मे रहती है.

मेरा शोहर अच्छा था लेकिन घरवाले उसे कुछ सुझने नही देते थे. ऐसा उसे अभी भी लगता है. शायद अब वह पैसा कमाती है तो वह उसके पास आएगा भी. उसे भी वैसी थोडी आशा लगती थी . मुझे बोली भी , 'दीदी, मै फिरसे ससुराल जाएगी क्या ?'

मै उसे कौनसी तसल्ली दे सकती थी ? कॉटनग्रीन मे उतरते समय बोली, ' दीदी, इसमेसे किसीको कुछ मत बताना हा. मैने सिर्फ आपको बताया.'

'नही नही मै किसी को नही बताऊंगी.'

तब उसने मुस्कुराते चेहरेसे मुझसे विदा ली. उसके उस हसते हुए चेहरेके पीछे के आसू हमेशा के लिए रुक जाने दो. इसके सिवा भी मै और दूसरा क्या सोच सकती हूं ?

******

10.

हे मन, दुष्ट तनाव मत झेलना

क्या सोचू और क्या नही सोचू यह किसी के हाथ मे – याने मन मे नही होता है सज्जनो . मन जो सोचता है वह बैरी भी नही सोचता है ऐसी एक कहावत है. अपने मन को इतने अनगिनत पंख होते है, उसकी उडान इतनी बडी है कि बहिणाबाईने कहा है कि 'मन अभी जमीनपर था, अभी आकाश मे उड गया.' ऐसा यह मन हरेक प्राणीमात्र मे बसता है. इतनाही नही हरेक वृक्षवल्लरी मे, तृण के पत्ते मे भी होता है. फर्क इतनाही है कि मनुष्यका मन बोलता है और औरोंका मन अबोल होता है. फिर वह मनुष्यने खुद समझ लेना चाहिए. लेकिन मै कहती हूं कि मनुष्यका मन भी मनुष्यको कहा मिल पाया है अभी ? सीधा लोकलकाही देखो नं. कितने प्रकारके यात्री ! अब यह महिलाओंकाही डिब्बा लोगे नं, तो भी गाडी आतेही कूद्के गाडी मे चढके जगह पाके बैठनेवाली यह साधारण उचित महिला यात्री ऐसा हम कहेंगे. इनके बारेमे कुछ नही बोलनाही अच्छा है. लेकिन वह जिनको जगह नही मिलती है और वह खडीही रहती है ऐसी यात्री महिलाए. आप कहेंगे उनका क्या ? क्या याने ? मै नही कहती कि जो बैठी है, उन्होने उठकर इनको जगह देनीही

चाहिए. वैसा नियम नही है. लेकिन फिरसे रेल प्रशासन को एक नियम करने के लिए बताए ऐसा लगता है. .....जगह दे दो करके ? नही नही वैसा नही .....कहना चाहती हूं कि ऐसा एक नियम किजिए कि, कमसे कम महिलाओं के डिब्बे मे तो और वह डिब्बे मे जगह जगह लिखा दिजिए कि ' शाम को खडे खडे यात्रा करना मना है. खडे खडे यात्रा करते हुए पायेंगे तो अगले स्टेशनपर उतार दिया जाएगा.'

कारण क्या है कि जितनी क्षमता है उससे कई जादा यात्री एकेक डिब्बे मे चढते है. श्याम को सारे ही थके हुए होते है. उनके शरीर को विश्राम की जरूरत होती है. लेकिन मन को पूरी शांति नही होगी तो बैठनेवालों के शरीर को भी विश्राम नही मिलता है. क्योंकि अपने सामने खडी हुई महिलाए भी जितनी थकी हुई होती है उतनी ही हम. इसलिए हमे भी उठकर उनको जगह देने की क्षमता नही होती है. इसलिए बैठे हुए यात्रियोंके मनकी भी घुटन चालू ही रहती है. इसके सिवाय बहुत भीड होने की वजह से भी सबकी गैरसुविधा होती है वह अलगही.

तब अगर श्यामको खडे रहकर यात्रा करनेपर पाबंदी लगायी जाय और जितनी जगह है उतने ही लोगों को बिठाकर गाडी छोडी जाय तो यात्रियों को गाडी मे ही थोडासा आराम मिलेगा और घर आनेतक हरेक जन जो अधमरा होता था वह नही होगा.

लेकिन आप पुछेंगे कि यह नियम करना संभव है क्या ? और किया तो भी उसे वास्तव मे लाना संभव है क्या ? आपका संदेह ठीक ही है. लेकिन रेल प्रशासन उनकी फायदे मे चली हुई (आर्थिक दृष्टीसे) योजना बंद करके मेरी मनहूस योजना विचाराधीन ले सकेगा ऐसा मुझे भी नही लगता है. मैने कितनी भी कवि कल्पनाए की तो भी मुझे वस्तव मे ही जींना पडता है. इसलिए मैने अगर यह योजना महिलाओंने खुदही अमलमे लानी चाहिए ऐसी अगर अपेक्षा की तो ? आप कहेंगे, बैठकेही जानेका ऐसा सोचेंगे तो एक घंटाभर यही रुकना पडेगा. उसके सिवा घर पहुंचने मे देरी होगी और आगे का सारा कामकाज घर जाके कौन करेगा ? कब करेगा ? यही तो मै भी कह रही हूं. घर जाके फिर हम काम ही तो करते है इसलिए रोज के रोज हम कितने दिन तक भीड मे सफर करना है ? हममे कुछ जान है या नही ? बहुत सारी महिलाए ऐसी है जो अपने

शरीर मे जान है या नही यह भूल ही जाती है. शरीर को जितना नही चाहिए उतना तनाव वह देती रहती है. उसमेसे फिर शरीरमे अनेक व्याधियां उत्पन्न हो जाती है. लोकल की यात्रा मे भीड, गंदगी, आवाज, कोलाहल, तनाव ऐसी सारी बाते होती है जिनका सामना करने के लिए अपना शरीर तंदुरुस्त होना जरूरी है. तंदुरुस्त होना चाहिए तो शरीर वैसा रखना जरूरी है. और रखना है तो कुछ तो नियम होने चाहिए. शरीर की सावधानी बरतनी चाहिए. वह तनाव से मुक्त करना चाहिए. पर्यावरण मे अनेक चीजे कही जाती है. लेकिन मानव का शरीर भी पर्यावरण का एक अविभाज्य अंग है और उसे कैसा साफसुथरा और तनावमुक्त रखना यह भी बताना चाहिए. शरीर को तनावमुक्त करना याने मनपरके बडे बडे बोझ पहले उतारने चाहिए. मनपर हम अनेक प्रकारके बोझ लदते है. बंधन डालते है. सामाजिक, पारंपारिक, नैतिक आदी. उनमेसे सामाजिक बंधन मे हम जल्दी घर जाकर रात का खाना बनाना चाहिए. यह सबसे बडा बंधन. उसके लिए हम खुद भी उन खाना खानेवालों मे से एक है यह भी भूल जाते है. इसीलिए खडे खडे यात्रा करना और जल्द से जल्द घर पहुंचकर रसोई मे लग जाना हम पसंद करते है. उसी तरह समय समय पर जिस दिन त्यौहार हो, उसी समय त्यौहार मनाने की कोशिश करना यह एक पारंपारिक बंधन है. तो इधर उधर ना झाकते हुए सीद्धे नाक के सामने घर जाना यह एक नैतिक बंधन है. लेकिन यह ऐसा कितना समय तक चलेगा ? हम दफ्तरमे दिनभर काम करते है. पुरुषोंके बराबरीसे हमारी भी यात्रा होती है. उनके जितनी थकान – कुछ कुछ समय तो उनसे भी जादा थकान – हमे भी होती है. इसलिए अपने तनको कम से कम थकाते हुए मन शांत और प्रसन्न रखकर तन मन का तनाव कम करके स्वस्थ समाजनिर्मिती करना आवश्यक है. इसीलिए महिलाओंने अपने मन का भी जादा विचार करना आवश्यक है.

******

11.

दुखी मां की जिद

जितना सोचे उतना कम ही है. कभी आदमी भीड मे भी अकेला हो जाता है तो उसके विचारोंके कारण. उस दिन मेरे पास बैठी एक औरत – होगी 50-55 की , नऊवार साडी पहनी हुई. शायद विधवा होगी. क्योंकि माथेपे बिंदी नही थी. उसपर सारे गहने बाकी शोभा दे रहे थे. और चेहेरा करारा लग रहा था.

सहसा अपने यहा विधवा औरत जादा गहने नही पहनती है. लेकिन इस औरतने चार गहने पहने हुए देखकर मुझे अच्छा लगा. नही तो इस मामलेमेभी वह अपना मन मारती रहती है. मैने दो –तीन बार उस औरत की ओर देखा. लेकिन वह अपनीही विचारोंकी तंद्रा मे थी. वीटी से गाडी छूटने के बाद ठाणा तक हमारे बीच एक लब्ज का भी संवाद नही हो पाया था. मै मूलतः स्वभावसे बातुनी. इसलिए उसका वह मौन मुझे अटपटा लग रहा था. इसलिए मै भी थोडी विचारोमे डूब गयी थी. डोंबिवली आया और एकेक औरत उठके बाहर जाने लगी. तभी उस औरत ने मुझे पूछा, 'क्या आया ?'

मैने कहा, 'डोंबिवली '

' तुमको किधर जाना है ?' उसने पूछा.

' कल्यान को. आपको ?' मैने पूछा.

'मुझे भी कल्यान ही जाना है.'

' कल्यान मे कहापर ?'

' रामबाग मे लडकी के यहा.' उसने कहा.

' तुम्हारी लडकी होती है कल्यान मे ?' मैने सवाल किया.

'जी हां......' ऐसा कहके वृद्धाने भगवान की मर्जी ! इस आशय का इशारा किया. और उसका चेहेरा एकदम दुखी हुआ.

'क्यों ? क्या हुआ ?' ऐसा मैने पूछतेही वृद्धाने अपनी लडकीकी करम कहानी बताना शुरू किया.

बोली, ' लडकी को पांच बच्चे है. उसका मरद मर गया तब उसका आखरी बच्चा उसके पेट मे था. पर अब ससुराल के लोग मेरी लडकीको और उसके बच्चोंको बहुतही परेशान करते है. '

लडकीके घर मे सास –ससुर, देवर-देवरानी, उनके बच्चे, बुवा, उसके घरवालों का आना जाना था. बहुत बडा परिवार था. लेकिन पती के जाने के बाद लडकी और उसके बच्चों को बहुत तंग किया. मैकेवालों ने आजतक बहुत कुछ दिया. जमाई के गुजर जानेके बाद लडकी की और उसके बच्चों की हालत ना हो इसलिए यह औरत हजारो रुपये खर्चा करती रही. लेकिन आनंद का एक क्षण भी उसे नसीब नही हुआ. यह इतनी जिद्दी थी कि बीच बीच मे लडकी के घर जाकर उसके ससुराल के घर मे उसको स्थान मिलना चाहिए इसलिए प्रयास कर रही थी. मुझे उस लडकी की दया आ गयी. और इस वृद्धा के बारेमे प्रशंसा करने का मन हुआ.

लडकीको अपने घर लाकर पालना उसे सहज मुमकीन था. लेकिन उसका कहना था कि, ' मै अपने पती के निधन के बाद अपने मैके भी नही गयी, पती की सारी जायदाद सम्हाली. केवल सम्हाली ही नही और बेचकर खायी नही बल्कि उसे बढवा भी दिया. आज मै मेरी लडकी को अपने घर लेकर जाऊंगी, उसे खिलाऊंगी भी लेकिन उसके

परिवार मे अगर उसका कोई स्थान ना हो तो उसके जीवन मे क्या अर्थ रहेगा ? शादी होके लडकी अपने ससुराल मे ऐसी घुलमिल जाती है जैसे कि दुग्ध मे शर्करा. तभी तो उसे उस घर मे दिया ऐसा कह सकते है. इसलिए लडकी और उसके घरवालोंपर समान जिम्मेदारी है. वह जबतक पार नही होती है, तब तक ऐसी दुखी माताए ऐसी ही व्याकुल होती रहेगी. उस बुढी मां की सांत्वना करने के लिए मेरे पास शब्द नही थे. उतनेमे ही उसको शांत करने का मैने प्रयास किया. 'जाएंगे ! यह दिन भी जाएंगे. बच्चे बडे होनेपर अपना स्थान प्राप्त करेंगे. तब आपकी लडकी का स्थान भी अपने आप पक्का हो जाएगा. आप चिंता मत करना.'

इसपर मात्र मांजी खूष हुई दिखायी दी. उसे और कुछ कहना था. मेरी भी सुननेकी इच्छा थी लेकिन कल्याण आया और हमारी बातचीत ही खत्म हो गयी. मेरे मन मे आया, वीटीसे अगर हम एक दूसरे से बात करते तो कितनी भी बाते हो सकती थी.

******

12.

सगी बहनें, पर पूरी बैरी ने

बात होती थी और न होती थी इस कहनेको वैसा कोई मतलब नही है. मनुष्य को बोलना होता है तो ही वह बोलता है. सुयोग्य स्थल, काल, समय तथा व्यक्ति की खोज मे भी बात नही हो पाती है. कभी कभी कितना भी बोलो तो बात खत्म नही होती है. तो कभी बोलने लायक बहुत कुछ होता है लेकिन बोलना मुश्किल होता है. अथवा बहुत बोलके भी उसका कोई उपयोग नही होता है. अब आप कहेंगे, अभी बात को समेटो तो ! हां हां, मेरी बात तो मै समेटनेवालीही हूं, लेकिन किसने, किसको, कहा, कैसे और कितना बोलना, इसे कुछ मर्यादा है की नही ?

अरे, हम रोज गाडी मे आना जाना करते है.हम भी कितनी भी बाते करते है, सुनते है. लेकिन उस दिन उस औरतका वह बोलना सुनकर मुझे उसके मुह पर तमाचा मारने का मन हुआ. शपथपूर्वक कहती हूं ऐसा इतना बोलना .....और वह भी गाडीमे .... मैने पहली दफा सुना महिलाओं के डिब्बे मे ! याने की झगडे बिगडे सुने है बहुत सारे. वह सवाल नही. औरते और झगडा नही यह अटपटा लगता है.कैसा भी होता है. उसमे भी झगडा और एक पार्टी बोलतीही नही है याने यह कैसा ? .....

कुछ सूझता है क्या आपको ? नही ना ? सूझेगाही नही ! अरे, ऐसे प्रसंग तो दुर्लभ ही है. और ठीक ऐसाही एक प्रसंग देखने के लिए मेरे जैसी झगडालू औरत वहा उपस्थित थी इसलिए अभी तो यह आपके सामने आ रहा है. नही तो वह भी नही आता. क्या बोलते हो ? उत्सुकता क्यों खिंच रही हूं ? नमन के लिए घडाभर तेल किसलिए ?

क्या है, घडाभर तेल पहलेही डालेंगे तो ज्योत जलती रहेगी. अन्यथा बीचमे ही दुर्बल होगी. और फिरसे तेल डालते रहना पडेगा. इसलिए.......

तो वह जाने दो. उसका ऐसा हुआ कि, सुबह की भाऊभीड मे ....नही नही ...बहनोभीडमे ! दो औरते डोंबिवली मे गाडी मे चढी. पहले ही डोंबिवली ! उसमे सुबह मुंबई जानेवाली गाडी मे चढना. दोनों ने एक ही दरवाजे से कुदी मारी.और फिर अंदर आने के बाद दोनों को एक ही जगह सीद्धे खडे रहने की (बैठने की तो आशा ही छोड दो) जगह मिली. कितनी लकी थी वह दोनो ! लेकिन नही सज्जनो, वह दोनो सहेलिया होती तो हमारा कुछ कहनाही नही था. कहना क्या था समझो, हमारा उनकी ओर ध्यान भी ना जाता. लेकिन यह एक दूसरे की दुष्मन लग रही थी. यह करीब करीब ठाना स्टेशन जाने के बाद हम लोगों को (बैठे हुए) स्पष्ट रूप से दिखाई देने लगा. (कोई पैर मे खडा होगा तो भी अपने सुख चैन से खडा रहे ऐसी एक हमारी सद्भावना रहती है.) लेकिन इनमे से एक की भाषणबाजी से लगने लगा कि, प्रकरण बहुत ही तप गया है.

एक औरत दूसरी को कह रही थी , ' तुझे गुस्सा किस चीज का आया ? मैने तुझे मेरे दफ्तरमे मत आना और फोन मत करना कहा इस बात का ना ? लेकिन तुम्हे कुछ दिमाग है या नही ? तुम आती हो तो आती हो और आते ही बैठी रहती हो. उस समय देखा नं मेरे बॉस का ध्यान कैसा मेरे उपर ही था ? तेरा झटसे कुछ खत्म नही होता है. फोन भी करती हो तो बाते भी लंबी करती रहती हो. झटसे फोन रखती नही हो. मुझे दफ्तर मे काम रहता है. तेरे ऐसे पागल बर्ताव से मुझे परेशानी होती है. इसलिए मैने तुझे दफ्तर मे फोन करने से मना किया और मत आओ बोला तो तूने मेरे घर मे भी आना बंद किया ? तुझे इतना गुस्सा ?

घर मे फोन करना भी बंद किया. कुछ महत्त्वपूर्ण संदेश होगा तो अब तू मुझे नही देगी ? क्योंकि मैने तुझे आंने से मना किया . लेकिन तुझे इतनी सी भी अकल नही है कि तुमने दफ्तर का संबंध घर से जोड दिया. तू ऐसा बर्ताव करती है कि जैसे कि सारी जरूरत मुझे ही है. तुझे कुछ भी नही. क्या सोचा है तुमने ऐसा ? क्यों सताती हो मुझे.......?'

अरे बाप रे बाप ! क्या यह तोपखाना........एक क्षण की विश्रांती के बाद फिर शुरू .....

' लेकिन तुम सोचती ही नही हो कि मैने तुझे ऐसा क्यों कहा ? तेरी गती अब बाळकोबा सांगकाम्या (जो बताया वही करनेवाला) की तरह हुई है. नानीने बोला, कुत्ते का बच्चा थैली मे डालके क्यों लाया उसे तो गले मे डोरी बांधके चलाकर लाना चाहिए था तो दूसरे समय बाळकोबा ने जलेबी को डोरी बांध के लाया. अब बोल डोरी बांध के लाई हुई जलेबी घर तक कैसे पहुंचेगी ? और ......'

आगे की कहानी याद नही आ रही थी तो हम प्रोम्पटिंग की तैयारी मे ही थे लेकिन गाडी आगे चलही पडी.

'और फिर सर पर मख्खन थाप दिया और वह चेहेरेपर, बदनपर बहने लगा. ..... वैसा है तेरा. तुझे कुछ अक्कल है या नही ?'

अरे अरे ये क्या है ? एक पचास की उम्रवाली स्त्रीने दूसरे पैतालीस साल की स्त्रीको (दोनो नौकरीवाली) सुबह के रामप्रहर मे दफ्तर जाते समय दूसरी औरते सुनती हो तब (नसीब समझो कि कोई बीच मे नही बोल रही थी.) एक तरफा कितना बोला है यह ? सज्जनो, अब आयी नं आप को कल्पना मेरे नमन के लिए घडाभर तेल डालने की ? अरी वह दूसरी औरत हा ना बोलने की कोशिश कर रही थी, लेकिन वह कहा सुन लेने की मानसिकता मे थी ? आखिर वह इतनी रोने को आयी कि साफ ऐनक निकाल के आंखोंपर रुमाल रखकर आंखे बंद करके खडी रही. उसे दादर मे उतरने का था. दादर आ रहा था. जाते जाते वह इसे बोल रही थी, ' मै तुझे क्यों बोलती हूं इसके बारे मे जरा ध्यान से सोचो. तुझ मे सुधार हो इसलिए. नही तो हम संबंध नही रखना ही ठीक होगा. तुझे सुधरने का नही होगा तो बेटर नॉट टू मीट अगेन. तुझे साल डेढ साल के

संग मे भी आदमी का स्वभाव मालूम ना पडे तो (कुछ तो झमेला ही लग रहा था.) तेरे जैसी बुद्दू तूही.........'

अब तो मुझेही असह्य होने लगा. अरी ओ, चूप भी करो ! चूप बैठेगी क्या अब तेरा मुह कस लू ? ऐसा कह्नेका मन होतेही मेरी मुठ्ठिया मुडने लगी. मेरी सहेलियोने मुझे पीछे खिंचा. दादर आया. वह खिसक गयी. यह रोनेवाली मेरे बाजू मे बैठी. और रोती है यह किसी को समझे ना इसलिए आंखे बंद करके ही बैठी. किसी ने पूछा, 'चक्कर आयी क्या ? ' मैने उसकी तरफ से हां बोला. उस औरत ने दिया हुआ पानी इसको आग्रहपूर्वक पिलाया. तब जाके कही वह थोडी खुल गयी.

पूछा, ' क्यों जी ? यह औरत आपकी कौन ? दफ्तरमेसे?'

तो बोली, ' नही. मेरी सगी बहन. '

हम अचरज मे पड गये. क्योंकि दोनों मे कुछ भी समान नही था.

' वह मुझे ऐसा ही बोलती है हमेशा. ' फिर उसने घटी हुई घटना हमे बतायी. एक मामुली बात का बतंगड बनाके यह औरत इसको ऐसा और इतना बोल रही थी. छी छी छी ! अजी बोलने का कोई तरीका है या नही ? मैने इस औरत को बता दिया , ' आप ऐसी महामूर्ख बहन से आप का नाता तोड डालो. कुछ उपयोग नही. अजी किसी का कितना भी गलत होगा, लेकिन समझाने के लिए, सिखाने के लिए चार दीवारों के अंदर आपको जगह नही मिलती होगी तो आपकी बहन को बताओ कि, तुम्हारा तत्त्वज्ञान बहुत अच्छा है लेकिन वह सिखाने का दूसरा अच्छा तरीका ढुंढ निकालो. और आप भी इतना क्यों सुन लेती हो ? आप क्या छोटी बच्ची लगी क्या उन्हे ?'

' नही जी पर वह मेरा कभी सुन ही नही लेती है. लेकिन अब मैने भी सोचा है कि उससे कोई संबंध ही नही रखने है. '

' पक्का ना ? कि फिर कल उसका सुन लेगी ? '

' नही नही अब मै उसका कुछ भी नही सुन लुंगी. '

तब जाके सज्जनो, मेरी जान मे जान आ गयी. अजी जरा सोचिए, दोनो औरते सुशिक्षित, गृहस्थी, स्वतंत्र, स्वावलंबी, एक डोंबिवलीके पूरबमे, दूसरी पश्चिममे रहती है. संबंध रखने है तो कुछ मुश्किल नही

है. लेकिन रखने है क्या और किसलिए ऐसा सवाल खडा हुआ. और यह प्रसंग हमने उन औरतोंके मुहसे प्रत्यक्षही सुना. अब आप सहमत होंगे कि किसने, किससे, कब, कहा, कितना और क्या बोलना इसके कोई नीतिनियमों को सभीने पालना जरूरी है. नही तो ऐसा कठिन प्रसंग खडा हो सकता है.

******

13.

क्या कहना ऐसे नशाखोरों को!

घटना घटती है तो कोई किसी को पूछके नही घटती है. अचानक घटती है. सूचना दिए बगैर घटती है. फिर प्रसंग आनेपर क्या करना और क्या नही करना यह तो जिस की उस की समयोचितता पर निर्भर है. पहले जब मै प्रथम श्रेणीके डिब्बेमे यात्रा करती थी तब कई बार देरी से आते समय प्रथम श्रेणीके महिलाओं की डिब्बे मे डोंबिवली से कल्याण तक की यात्रा कई बार अकेलीने ही की है. अलबत्ता बाजूके पुरुषों के डिब्बे मे कोई तो रहता था. लेकिन डोंबिवली मे उतरकर बाजू के पुरुषों के डिब्बे मे जाना अच्छा नही लगता था॰ हम इतने डरपोक और कमजोर कब हुए ऐसे विचारों से मै अकेली ही महिलाओं की डिब्बे मे बैठी रहती थी. .....और अपने हाथ और पैर हट्टेकट्टे है, कोई प्रसंग आया भी तो निश्चित रूप से विरोध करूंगी ऐसा एक आत्मविश्वास भी मुझ मे था ही. इसलिए सावधनी से यात्रा होती रहती थी.लेकिन मेरे इस धीरज को तोडनेवाला एक प्रसंग एक बार खडा हुआ.

दिन बारिश के, बाहर अंधेरा, मुसलाधार बारिश, उसमे भी बिजली चमक रही थी. ठंडी ठन्डी हवा. डोंबिवलीसे गाडी छूटी. कल्यान की

ओर निकली. गाडीके दिये टिमटिमाते ही थे. लेकिन कम से कम पंखा बंद करेंगे करके मै उठी. देखा तो बाजूके डिब्बेमे भी कोई नही था. ठाकुर्ली आया. अब एकही स्टेशन बाकी था. इसलिए फिर उतरके बाजूके डिब्बेमे जानेमे भी कोई तथ्य ही नही था. इसलिए फिरसे बैठी रही. और ठाकुर्ली स्टेशन छूटते छूटते एक बेवडा एकदम लुढकते हुए अंदर आया. मुझे अचानक डर सा लगा॰

कोई आदमी गाडी मे चढा इसलिए नही पर दाढी बढी हुई यह आदमी सुशिक्षित तथा नौकरी करनेवाला दिख रहा था. लेकिन उसकी हालत देखकर एकदम मै हडबडा गयी. वह एकदम लुढकते हुए अंदर आया और मै अंदर हूं यह देखनेके बाद जरासा एक बाजूमे जाके बैठा. नसीब है कि उसे एक औरत अंदर बैठी है इतना तो दिखाई दिया. लेकिन मुझे एकदम मचलने लगा. वह आते ही उसने पी हुई शराब का गंदा बास फैला. उसके पैर मे स्लीपर थी. सफेद पैट, शर्ट बहुदा गुलाबी होगा. क्योंकी उपर से रेनकोट पहना हुआ था. दाढी बढी हुई थी. आंखों पर गॉगल और सरपे टोपी. हाथ पेग पकडे जैसाही. सफेद पैट दलदल मे क्या गटरमे ही पडने जैसी भरी थी. ई SSS सीधा बैठा नही जाता था. क्या यह अवस्था ? अब एक बेवडा करके मुझे उसका जरा भी डर नही लग रहा था. क्योंकि उसे उठने को भी नही आता था. तो वह मुझे क्या तकलीफ पहुंचाएगा ? वह अगर उठके मेरे पास आने की कोशिश करता , तो मै उठकर दूसरी जगह चली जाती. या तो कोई और हलचल की होती तो एक कनफटी मे लगा देती. फिर उसकी शराब उतर जाती.

मुझे बुरा लगा तो एक इन्सान करके. मैने उस की ओर देखा तो मुझे महसूस हुआ कि यह आदमी पढा लिखा लगता है. नौकरी पेशेदार होगा. उसके कपडों के रंगो से लगा कि उसकी पसंदगी अच्छी होगी. गॉगल, रेनकोट, टोपी से लगा कि वह फॅशनेबल होगा. लेकिन बरिश मे पैरो मे स्लीपर पहनना, गटर मे पडके आना, और इतना मदिरापान होनेपर ठाकुर्ली जैसे सन्नाटा होनेवाले स्टेशन पर भारी बारीश मे महिलाओं के प्रथम वर्ग श्रेणी के डिब्बे मे चढना वह भी गाडी छूटते छूटते यह सब अजीब लगता था. उसकी बेहाल स्थिति और अस्थिर आर्थिक या अन्य परिस्थिति दर्शाती थी. लेकिन और एक विशेषता यह कि अंदर आते ही अपनी बकबक एकदम बंद

करके एक बाजू मे जाकर बैठा और चूप बैठा रहा. याने कि उसकी सद्सदविवेक बुद्धी थोडी सतर्क थी. क्योंकि उसे महसूस हुआ होगा कि अंदर डिब्बे मे एक औरत भी मौजूद है इसलिए वह चुपचाप बैठा रहा.

अजी ऐसे लोग तो जिंदा कलेवर जैसे ही होते है. इंसान को इंसान करके जीने का होगा तो दुनिया के तकलीफदेय नियम पालकर ही, मौके पर मन मार के भी दुनिया मे घुमना पडता है. यह इस सुधाकर को कभी समझेगा क्या ? इसका एक ही प्याला कभी खत्म होनेवाला है या नही ?

सुबह यह आदमी घर से दफ्तर जाने के लिए निकला होगा तब कैसा रोबदार दिखता होगा ! उसकी पत्नी, बच्चे उसे फरमाते होगे आते समय यह लाना, वह लाना ! अभीतक उसकी राह भी देखते होंगे. पहले ही मुंबई मे बारिश के दिनो आदमी घर वापस कब आएगा इसी चिंता मे होते है घर के लोग. और अब जब यह घर जाएगा, उन्हे कैसा लगेगा ?

फिलहाल युवा सुशिक्षितों की दुरवस्था के अनेक कारण है. उसमे अब मै यहा नही जाती हूं. लेकिन मुझे इस आदमीकी अतीव दया आयी. पुरुषो को भी आजकल बहुत टेंशन होते है. उसलिए यह लोग अपनी क्या अवस्था कर लेते है देखो. अजी उन्हे भी सहानुभूती के चार लब्जों की जरूरत होती है. लेकिन घर का कर्ता पुरुष होने के नाते घर जाते वक्त बालबच्चोंके लिए कुछ लेके नही गया, तो भी चलेगा, लेकिन सही सलामत घर जाना चाहिए. घर के लोगोंसे चार सुख दुख की बाते करनी चाहिए. मन के बोझ को खाली करना चाहिए. मन की बाते मन मे ही रखके ऐसी अवस्था की ओर बढना नही चाहिए. कुछ नही दे सके तो भी चार खुशी के लब्ज घरवालों को दे दे इतानाही सुझाव दे रही हूं. क्योंकि यकीन किजिए कि उतने पर भी पत्नी और बच्चे खुश होते है, और उन्हे लगता है कि हमारे बाबा भी कोई तो है. कभी न कभी वह हमारी इच्छा आकांक्षाए पूरी करेंगे. उनका सिर्फ भावविश्व सम्हालना है.

कल्यान आनेपर मै उतर गयी, वह अभी भी बैठाही था.

******

14.

राष्ट्रीय एकात्मता की गंगोत्री

होते होते क्या होगा कि इतनी भीड बढेगी कि वह हदसे बाहर जाएगी. फिर उसपर अनेक इलाज बताए जाएगे. गाडिया बढाना, गाडिया दुमंजिल करना, गाडीयोंके मार्ग बढाना, गाडिया सुरंग मे या हवाई मार्ग से चलाना इत्यादी. लेकिन उसका कोई उपयोग होनेवाला नही है. उपयोग नही होगा इसका कारण यह है कि, जितनी और जैसी गाडिया बढती जाएगी, उतनी और वैसीही भीड भी बढती जाएगी. क्योंकी अब यात्रा टालनेवाले लोग भी गाडिया बढी करके घूमने लगेंगे. इसलिए इसका कोई अंत नही है. तभी भीड होगी तो भी स्वयंशासित होना यही उसपर सर्वोत्तम उपाय है. और उस दृष्टीसे देखा जाय तो मुंबई की भीड यह सचही सचमुचही अनुशासित है. कभी कुछ अपवादात्मक परिस्थिति खडी रहती है, नही ऐसा नही. उदाहरण के तौर पर कामगारोंके मोर्चे, विविध संस्था-संघटनाओ-पार्टीओंकी सभाए, मोर्चे इत्यादी. डा. बाबासाहेब आंबेडकरजीके महापरिनिर्वाण दिन को चैत्यभूमीपर जाने के लिए उन दिनो लोकल मे होनेवाली भीड यह भयानक और अनुशासनहीनता से घुमती हुई दिखती है. मोर्चेकरीओंको पूछेंगे कहा जा

रहे हो तो बोलते है, आझाद मैदान पर. वहासे मंत्रालयपर मोर्चा है. पूछेंगे किसलिए तो कहते है हमारी मांगोंके लिए. कौनसी मांगे ? वह उचित या अनुचित या असंभव यह उन्हे मालूम नही होता है. उनके मन मे होती है वह अपने नेता के प्रती आदर भावना. चैत्यभूमीके वारकरीओंको पुछेंगे कहा जा रहे हो तो बोलते है, बाबा के दर्शन को. अतिशय भक्तीभावसे वह दूरदूरसे आए हुए होते है. छोटे छोटे बाल बच्चोंके साथ. लेकिन विना टिकट गाडीमे घूसना अपराध है यह उन्हे मंजूर नही होता है. (आजकल इसका प्रमाण बहुतही कम हुआ है.उसका भी स्वागत ही है.)

राजकीय बंद होते है. और लोगोने यह माना नही तो खुन्नस मे गाडी रुकाने के लिए पटरीपर आके बैठना, पटरीपर रुकावट का निर्माण करना,पत्थरफेंक करना ऐसे कार्यक्रमोंको उन राजकीय पाक्षोंके कार्यकर्ताओंको जोर आता है. उस समय उन्हे यह नही समझता है कि उस मोटरमन को मार के कुछ भी हासिल नही होता है अथवा गाडीपर पत्थरफेंक करनेसे राष्ट्रीय संपत्तीकी हानी होती है. और डा. श्रीराम लागूजीका लडका तन्मय लागू जैसे कोमल तथा निरपराध जीव को अपनी जान गवानी पडी. लोकल के बारेमे यह ऐसा होना अपवादसे होनेवाला है तो भी वह अविस्मरणीय होता है. इसका असर काफी दूरतक जानेवाला होता है. यह टालना संभव है.

हालहीमे तो जयबाला आशर और अन्य अनेक लोगोंको रेल्वे मे होनेवाले अत्याचारोंका सामना करना पडा. रेल्वे यह एक गुंडागर्दीका आसान साधन बना है. सोनेकी सांकल चुरानेवाले चोर अब युवतीयोंको रेल्वेसे फेकनेकोभी हिचकिचाते नही. इतने यह इस विषयमे निष्णात हो गये है. बटुआ मारना तो उस के आगे एक मामुली बात लगने लगी है. पहलेही लोकल के आजूबाजू मे झुग्गी के सिवा देखनेको कुछ भी नही होगा तो भी नाइलाजसे भीड की वजह से दरवाजेमे खडे रहके यात्रा करनेवालोंके मनमे अब एक डर पैदा हुआ है. और ऐसा वक्त कल किसीपर भी आ सकता है. ऐसे संशय की समशेर हरेक यात्रीके मनपर लटकती है. घर से बाहर गयी हुई व्यक्ती सुरक्षित रूपसे घर वापस आएगी या नही यह वह व्यक्ती घरपर आनेतक हररोज घरवालोंको चिंता लगी रहती है. लेकिन वह कुछ भी होगा तो भी मुंबई के लोकल जितनी

भीड कभी दूसरे देहात मे होगी तो आप कल्पना कर सकते हो कि कितनी गडबडी, धांधली और हाथापाई होगी. लेकिन लोकल मे से निकला हुआ हरेक आदमी चुपचाप अपने रास्तेसे जाने को निकलता है. यह इस भीड की सबसे बडी विशेषता है. कितने बडे बडे लोग परदेश मे जाके आये कि उधरका गुणगान करते है- करो लेकिन थोडे संयम से – गुणगान करके इंडियन्स कैसे निकम्मे है यही बताते है. लेकिन इंडियन्स कैसे ग्रेट है यह उधरके लोगोंको बताते नही होंगे. लेकिन केवल मुंबई की लोकल का अनुभव किया तो भी भारतीय कैसे और कितने सहिष्णू है यह समझ सकेंगे. मुंबई मे बिलकुल अन्न, वस्त्र, आसरा जैसी प्राथमिक जरूरते भी पूरी न होनेवाले लोग रहते है. याने एकदम सीधा बोलनेका है तो, नंगे पैर घूमनेवाले लोग भी है और खुदके विमानसे घुमनेवाले भी लोग है. लेकिन लोकल ऐसा भेदभाव नही मानती है. जादा से जादा प्रथम तथा व्दितीय श्रेणी जैसी भीड कम जादा करने के उद्देश्य से होनेवाली तथा थोडीसी सुविधा देने का प्रयास करने के लिए वह एक व्यवस्था है. लेकिन मूलत: जो लोकल मे आता है वह हरेक जण लोकल की दृष्टीसे समानही होता है. सर्वधर्मसमभावकी, समानताकी, राष्ट्रीय एकात्मताकी यह एक गंगोत्री है. भाषा, प्रांत, धर्म कुछ भी दिखाने की यहा जरूरत नही होती है. होती है तो सिर्फ एकात्मता भावकी जरूरत. यहा रिश्ता होता है वह इंसान का इंसान से. अपनेपनका, मानवताका. इसलिए फिर मुंबई की लोकल मे छ: मास यात्रा किया हुआ, मिलाजुला आदमी दुनिया की किसी भी क्षेत्र मे गया तो भी वह उस वातावरण को खुद मे समा सकता है. लोकल यह एक बहुत बडा लोकशिक्षा का साधन है. हम उसकी ऑर गंभीरता से नही देखते है. मैने जैसा पहले कहा है कि, लोकल मे जरासी सुविधाए बढाई और यात्रा सुखकर होनेकी दृष्टीसे कुछ उपाययोजना की तो लोकल को लोग अपने घर जैसाही मानेंगे.

******

15.

सभी कारोबारों की जन्मोत्री

लोकल को लोग घर जैसा मानेंगे इसमे कोई शक नही है. क्योंकि अब घर कहने जैसे घर होते ही है कहा मुंबई मे ? घर याने चार दीवारों की ओट इतनी ही व्याख्या रह गयी है अब घर की. वह दीवारे भी कैसी ? यह भी एक प्रश्न ही है. याने की पक्की, कच्ची, पत्रे की, घास की और फिर वही रहना, सोना, वही खाना पकाना, तीन पत्थरों के चूल्हेपर कुछ तो पकाकर खाना, उतना खाने के लिए जी तोड मेहनत करना. कोल्हू के बैल को तो थोडा विश्राम मिलता होगा. लेकिन मुंबई के इंसान को निश्चिंतता से विश्राम करना तो छोडो, सास लेना भी मुश्किल है. मुंबई के आदमी को साफ जीना भी नही आता और साफ मरना भी नही आता. जीये तो सभी तरह के तानतनाव सहने है और मरना है तो भी कैसे मरना यह भी एक सवाल ! कही मरने भी जाए तो वहा भी कोई ना कोई दत्त करके सामने होगा ही. याने की मरने के लिए भी जगह या शांति नही है. तभी अधमरे स्थिति मे मुंबईकर जीते है. जब तक लोकल सीधी चल रही है तब तक दुनिया मे सब कुछ सीधा चल रहा है यह उसकी धारणा होती है. लेकिन गलती से भी गाडी कही एक या दो मिंनट तक जादा रुकी

और वह भी स्टेशन छोडके इच बीच मे तो मुंबईकर तुरंत भाप लेता है कि कुछ तो गडबड घोटाला है. फिर तुरंत उसकी जान गले तक आ जाती है. सास फूलती है. जी घबरा जाता है. और हरेक जण गाडी से बाहर झाकने लगता है. आने- जानेवाले को पूछने लगता है, 'क्या हुआ है ? क्या हुआ है ? गाडी क्यों रुकी है ? गाडी क्यों रुकी है ?' एक बार हमारी जरासी सास रुक जाएगी तो भी चलेगा. (थोडी देर से शुरू हो जाएगी) लेकिन चलती गाडी मे रुकावट नही आनी चाहिए. गाडीपर कौन से समय कौन सी आफत आएगी, उससे किस पर क्या बीतेगी, यह बताना बिलकुल ही कल्पना से परे है. कभी दो गाडियों की टक्कर, कभी पटरी से गाडी उतरना, कभी गाडी मे बॉम्बस्फोट, कोई गाडी के नीचे आना, ऐसी हमेशा की हुई है बाते. लेकिन बिलकुल रेल्वे की पटरी से सटी हुई झुग्गी झोपडियों मे घुमते हुए नन्हे बच्चों को देखकर मन मे कसमसाना लगता है. फिर ऐसा लगने लगता है कि लोकल यह उनकी जन्म से ही साथी – सोबती है. लोकल के बिना इनका नही चलता. लोकल से इन्हे कोई डर लगता है या नही ? और एक बार तो साफ मालगाडी के डिब्बे पटरी से उतरके नजदीक के घरों दुकानों पर गिरकर निरपराध लोग बली चढ गये. उसकी निशानी बदलापूर स्टेशन पर कई दिन तक मौजूद थी. उस मे परिवार के परिवार काटे गये थे. इसके सिवा आजतक लोकल की दुर्घटना मे तो कई लोग बली चढे है. उनके संबंधित लोगों की भी जिंदगिया ध्वस्त हुई है यह अलग से बताने की जरूरत नही है. इससे भी कमाल याने की डोंबिवली के नजदिक के एक पूल का गाडीपर गिरने से मोटरमन ही उसके केबिन मे अटका पडा और ढाई घंटे प्रयास करके भी उसे बाहर निकाला नही जा सका. अंत मे उसका दुःखद अंत हुआ. लेकिन इस लोकल मे कब क्या होगा यह बाकी अनाकलनीय ही.

महिलाओं के डिब्बे मे तो फेरीवालों की भरमार होती है. कंगन, बिंदी, पिन, कंघी, रुमाल, आलूवडे, समोसे, चिक्की, सिंगदाना, भेल आदी खाद्यान्न, सब्जिया, शंखसीप की वस्तुए, फल, गजरा, पर्सेस, किताबे, गाऊन, ब्लाऊजपीस, आचार, पापड, मसाले, मर्तबान, नेलपेंट, लिपस्टिक, ऐसी हर तरह की वस्तुए बेचनेवालों की भरमार बैठे हुए लोगों को परेशान करती है. खास करके चौथे सीट पर बैठी महिलाओं को.

लेकिन कुछ महिलाओं को उसमे भी खरीददारी करनी होती है. उतना ही समय बचता है. गाडी के समय का सदुपयोग होता है. कभी कभी आवश्यक चीजे बैठी जगह पे खरीदी जा सकती है. ऐसे सारे व्यवहार शुरू ही रहते है.

कुछ फेरीवाले खानदानी जैसे धंधा करते है. कभी कभी अपना तत्वज्ञान भी ठोक के बताते है. कुछ लोग अपना जमा तो जमा, कुछ लोग जिद से, कोई नसीब आजमाते, तो कोई मगरुरीसे धंधा करते है. लेकिन हमेशा के आने जाने से थोडी पहचान भी होती है. और अपनापन भी लगने लगता है. इन फेरीवालों मे अभी अभी चलना सीखे हुए बच्चे से लेकर बडे बुढे बुजुर्ग तक या कभी तृतीयपंथी भी, किसी भी उम्र के स्त्री पुरुष होते है. एकदम छोटे बच्चे हाथ फैलाकर, या गाकर, बजाकर, नाचकर पैसे कमाते है. तो अन्य लोग कम-जादा बोझ उठाके और अलग अलग वस्तुए संम्हालते हुए घुमते रहते है. इस बोझ के साथ जैसे भैस को उसके सिंग भारी नही होते है तद्वत बच्चों को बगल मे बांध के अथवा झांसी की रानी की तरह बच्चे को पीठ से बांधके घुमनेवाली माताओं की संख्या भी कम नही है. वह भी इन सभी बाधाओं को पार करती हुई अपनी रोज की यात्रा तय करही लेती है.

******

16.

इस कोमल मन को संभालना चाहिए!

लोकल गाडी मे यात्रा करते समय कोई भी एकदम छोटासा बालक दस बारा साल तक का आपके सामने भीख मांगने के लिए आयेगा तो उसको कभी भी दुत्कारो मत. मुफ्तमे मांगता होगा तो भी कुछ न कुछ दे दो. कुछ भी नही दे सकेंगे तो भी कम से कम उसपर गुस्सा मत करो. कुछ लोग कहेंगे, ' इन लोगोंका भीख मांगनेका धंधाही होता है. बच्चोंको गाडी मे छोडके इनके मां बाप या टोलीवाले पैसे कमाते है. और खुद शराब पीके प्लेटफार्मपर पडे रहते है. कभी यह बच्चे भगाए हुए होते है और उन्हे भीख के धंधे को लगाया हुआ होता है.' इत्यादी इत्यादी.

मुझे मंजूर है यह सब और बहुत कुछ मालूम भी है सुनकर, पढकर, बोलकर. लेकिन वह कुछ भी होगा न, तो भी आपके सामने हाथ फैलानेवाले लाचार बच्चे को गलती से भी दुत्कारो मत. और हां, चोरी करते हुए पकडे तो जरूर उसे सजा करो. लेकिन केवल भीख मांगने को आया है करके नेटावाला, छोटे नाकवाला, काला, गंदा, गरीब बच्चा करके उसका गलती से भी अपमान मत करो. आप कहेंगे, यह क्या लगा रखा है आपने ? लेकिन मुझे हमेशा ऐसा लगता है, यह बच्चे इस अवस्था

मे जीते है इस मे इनका क्या कसूर है ? कसूर तो सब का, समाज का है. औरों के कसूर ने इन का बली लिया, यही है इनका अपराध. ....और एक चीज पक्की ध्यान मे रहे कि, इन बच्चों को दुनिया से जो भी मिलेगा, वही वह आगे चलके इस दुनिया को देंगे.और आगे जीवन मे कितनी भी बुरी बाते उनके हिस्से मे आएंगी तो भी इन अच्छी चीजों का भी उनके मन मे कही तो स्थान रहेगा ही. जैसे हम किसी एक छोटे पेडपर कुछ कुरेदते है और वह पेड जैसा भी बडा होता जाता है, उसपर कुरेदा हुआ हिस्सा भी बडा होता जाता है. वैसे आज अगर हम इन छोटे पेडोंपर इंसानियत कुरेदते है तो वही आगे उसका भव्य रूप धारण करेगा. कम से कम वैसा होने की आशा रखने मे क्या हर्ज है?

समझो हम उन्हे दुत्कारते है, फटकारते है, पीटते है, हुसकाते है, गलीगलोच करते है तो इनके कोमल मन पर एक जबरदस्त आघात पहुचेगा यह भी भूलना नही. उनके भीख मांगने मे उनका क्या दोष ? उन के मां बाप हमारे तुम्हारे जैसे होते तो उन्होने ऐसी भीख मांगी होती क्या ? यह भीख का समर्थन है ऐसा बिलकुल नही है. भीख यह कर्मदरिद्रीको ही मांगनी पडती है. भीख मांगना और वह ऐसे ही मुफ्त मे देना यह दोनो भी गलत है. लेकिन लोकलके इन अश्राप बालकों का अभिशाप कोई भी मत ले लो ऐसा मुझे हमेशा लगता है. हम उनके निराश, अंध:कारमय जीवन मे एक क्षण की सहानुभूती, एक कण की मदद की तो उस क्षण के लिए क्यों न हो, आशा का एक क्षीण किरण उन के मन मे चमकता होगा.

लेकिन तब तक उन्हे सम्हालो. तूफान आन्धी से ना गिरे इसलिए हम जैसे छोटे पौधे को संम्हालते है वैसे. बाल गुनहगारी निराशा के कारण ही पैदा होती है. और बाल कामगार की प्रथा बंद करना भी कितना कठिन है. हरेक स्टेशन पर अगर हम खुली आंखों से देखे तो हमारे ध्यान मे आएगा कि बूट पॉलिशवाला कौन है ? फेरीवालों मे बडी संख्या से कौन है ? यह सब बालक अपने कष्ट से पेट भर रहे है. लेकिन जिन बच्चों को इसमे से कुछ भी करने को नही मिलता वह क्या करेंगे ? यह सब बच्चे अपने ही है इसलिए उन्हे दुत्कारो मत. ऐसा कहते है कि परमेश्वर कौन से रूप मे आप के सामने आकर आप की परीक्षा लेगा

यह बता नही सकते लेकिन आप की इच्छा हुई तो दान दे दो नही हुई तो कम से कम उनके बारे मे मन मे घृणा तो मत किजिए॰

मेरे बाजू मे बैठी हुई एक महिला ने अनाथ आश्रम से एक बच्चे को गोद लिया था. तब वह वहा के अनुभव बता रही थी. इतने छोटे बच्चों को छोडकर उनकी माताए जाती भी कैसी होगी ? ऐसा सवाल उन बच्चों को देखकर मन मे आता है ऐसा कहती थी. देखा ना, आखिरकार बच्चे के दुर्दैव कों भी माता ही जिम्मेदार होती है. पिता तो दूर ही रहता है. लेकिन अनाथ आश्रम मे कम से कम उस बच्चे की देखभाल की जाती है. उसे अन्न, वस्त्र, निवारा, आरोग्य, शिक्षा दी जाती है. कभी उसे जरूरतमंद तथा अच्छे मां बाप को गोद भी दिया जाता है. उन्हे संतान प्राप्त होता है, उस बच्चे को ममता मिलती है. लेकिन रास्तेपर के इन बच्चों का क्या? उन्हो ने किस का मुह ताकना ?

उनके जीवन मे त्यौहार तो कभी है ही नही. कुछ सामाजिक संस्थाए उन के भविष्य के लिए कार्य कर रहे है. उदाहरण के तौरपर 'क्राय' (CRY) यह संस्था भेंटकार्ड बनाकर बेचती है. उसमे से मिले पैसों का इस्तेमाल इन बच्चों के विकास के लिए करती है. मुंबई मे शिवाजी पार्क पर महापौर की तरफ से दिवाली मे की जानेवाली आतिषबाजी तथा होलिकोत्सव इन बच्चों की आंखों को तृप्त करते है. लेकिन यह सब तब, जब पेट भरा हो. खाली पेट भीख के सिवा दूसरा उपाय नही. और चोरी करने से भीख मांगकर खाना कभी भी प्रामाणिकता ही है. इसलिए कहती हूं कि लोकल के इन बच्चों को सम्हालो. उन के कोमल मन को सम्हालो. वही पुण्यकर्म है.

******

17.

अपनी प्रिय सखी

पुण्यकर्म तो वही है जिस से कि दूसरों का दुःख हलका होता है. केवल किसी को उस की व्यथा सुन लेने से अच्छा लगता हो तो अपना दो मिनट का समय उस आदमी को देना चाहिए. रोज की लोकल की सफर मे अपनी ऐसी अनेकों से भावनिक तथा वैचारिक लेन-देन होती रहती है. और यही लेन-देन बहुत ही महत्त्वपूर्ण होती है. नही तो दुनिया मे अन्य कितनी भी कौन सी भी चीजे दे दी तो भी यह लेन-देन कुछ अलग ही है. इन ऐसी चर्चाओ मे दुनिया के किसी भी विषय का अंतर्भाव हो सकता है. गाडी की भीडभाड के साथ अपने भी अनुभव का एकेक कमरा खुला होता हुआ महसूस होता है. और अपने पास ऐसे कितने कमरे है इसका अंदाजा भी नही कर सकते है. हरेक यात्रा के साथ कुछ ना कुछ अनुभव आता ही रहता है. इसलिए रोज की यात्रा यह भी एक अभ्यास ही कहना पडेगा. बिलकुल अगर हम रोज की निश्चित गाडी पकडने का ठान लेते है तो भी वह अभ्यास के बिना साध्य होता नही है. और वह जब तक नही होता है तब तक अभी अपना अभ्यास पूरा नही हुआ ऐसा बेशक मानने मे कोई दिक्कत नही है. कम से कम मेरा तो भी अभ्यास अभी पूरा नही

हुआ है. इसलिए मेरी एक गाडी कभी चूकती है, दूसरी छूट जाती है वगैरह वगैरह. लेकिन हम नौकरीपेशा लोग इस लोकल और हमारे उपस्थितिपत्रक का तालमेल इतनी अचूकता से डालते है कि इस लोकल के सामने भारत के किसी भी प्रशासनको कभी ना कभी झुकनाही पडता है. और आखिर यह तो मुंबई है. यहा तो कानून से पांच मिंनट ग्रेस पीरियड करके दिया होगा तो भी कम से कम पन्द्रह मिंनट तो पाला जाता है. तब लोकल यह अपनी कितनी नजदिकी सखी है और संकट समय मे दौड के आती है इसलिए कितनी सगी सहेली है यह क्या मुझे आप को बताना पडेगा ? लोकल पर यकीन रखिए तो वह मस्टरके संकट से निश्चय ही पार ले जाएगी.

अब जो किस्सा मै तुम्हे बताने जा रही हूं, वह आप किसी से बताना नही और उसका इस्तेमाल करना हो तो भी एकदम गुपचुप तरिके से.

एक बार क्या हुआ, एक बडा अफसर बाहरगाव से तबादला होके मुंबई मे आया. और लोकल देख के घबरा गया. उसके बारे मे उसने सहज ही कही तो बोलना है करके कार्यालय की एक औरत के पास (गलती से) बोल गया, ' क्या यह मुंबई और क्या यह लोकल ! बहोत ही होंरीबल है जी ....' वगैरह वगैरह. हमारी इस लोकल की चतुर नार ने इस मौके का फायदा उठाया. और उसका लोकल के बारे मे होंनेवाला डर शत प्रतिशत बढेगा ऐसा मिर्च मसाला लगाकर उसे कुछ किस्से सुनाए. इसलिए वह लोकल से इतना डर गया कि मन ही मन उसने लोकल को साष्टांग प्रणाम किया. और इस औरत को भी. तब से इस कार्यालय मे अब जल्दी आने का, आखिर तक बैठने का ऐसा कोई भी बंधन नही रहा. क्योंकि वह बॉस खुद ही अब कैसे वैसे कार्यालय आता है और लोकल से जाने का है करके जल्दी भाग जाता है. इसलिए अभी इस कार्यालय मे टेंशन ही अस्तित्व मे नही है. इसलिए लोग भी खुश है. काम भी होते है. पहले जैसे, उल्टे पहलेसे भी अच्छी तरह से. अभी तो यह ऐसा है. इसलिए कहती हूं कि यह एक टॉप सीक्रेट है. कही भी बोलने का नही. लेकिन सावधान. क्योंकि अगर छः महीने मे वह बॉस अगर लोकल का हों गया, तो बाकी उस कार्यालय की फिर से बुरी

हालत हों सकती है. फिर किसी को हार्ट अटॅक वगैरह. इसलिए उसे लोकल से डरते ही रहने दो ऐसा हम कह सकते है.

चलो. हो गया मेरा कहना. अब आपही बताइये कि अपनी यह लोकल अपने संकट समय पर कितनी बार दौड के आती है तो भी हमारी शिकायत शुरू ही रहती है, गाडिया लेट है. लेट है ऐसा कब कहने का ? एक बार याद है, शनिवार दोपहर कार्यालय से निकले हुए लोग रविवार को बडे तडके घर पहुंचे. ऐसा प्रसंग आया तो गाडिया लेट है ऐसा कहनाही पडेगा. उस मे कोई दो राय नही है. सच बोला जाय तो ऐसे समय कितने लोगों की हालत कितनी खराब हो गयी होगी , उस की कल्पना करना भी मुश्किल है. ऐसे समय लोकल क्यों रुक गयी है, कितने समय के लिए, आगे क्या स्थिति है यह कहने के लिए कुछ व्यवस्था होनी आवश्यक है. हरेक डिब्बे मे प्रसाधनगृह की सुविधा होनी चाहिए. पीने के जल की सुविधा होनी चाहिए. कभी हो सकता है क्या यह सब ? कभी कभी गाडिया ऐसी रुकी तो गाडी के दिये भी बुझ जाते है. और अगर बाहर बारीश हो तो यात्रीयों के हाल कितने बेहाल होते है यह पूछो मत. फिर ऐसे समय लगता है कि, लेट तो लेट, गाडिया चलती तो रहे. और हमे क्या एक ही दिन यात्रा करनी है ? हमे तो हर रोज आना जाना है. इसलिए बिना टेंशन की यात्रा करना. क्योंकि टेंशन लेके सवाल सुलझते नही बल्की उलझते है. इसलिए हमे लोकल जैसी लेके चलेगी वैसी चलने दो. हमे सिर्फ इतनाही करना है कि अपने लोकल का पल्लू पकड के चलना है.

******

18.

हमें हर रोज युद्ध का प्रसंग

पल्लू पकड के चलने का यह बराबर है. लेकिन अपना ही पल्लू हम पकड के रहे ना, तो वह सिर्फ महिलाओं के डिब्बे तक ठीक है.

एक बार मुझे दुर्बुद्धि हुई. होती है कभी कभी आदमी को दुर्बुद्धि और फिर वह वैसा आचरण भी करता है. और फिर उसी तरह का फल भी भोगता है. तो कहने का मुद्दा यह है कि समय था श्याम देर का. सोचा, अपने पतिदेव साथ मे है तो उनके साथ ही लोकल की यात्रा की जाय. खुद ही पुरुषों के डिब्बे मे बैठेगे. (क्योंकि अभी तक पुरुषो ने स्त्रियों के डिब्बे मे आके बैठना शिष्टसंमत नाही है इसलिए) फिर कैसे शांती से, कभी नही ऐसी गपशप करते करते उनके साथ जाने को मिलेगा. सज्जनो, बोलो इस मे मेरी कुछ गलती है क्या ? लेकिन नही, वह मुझे कह रहे थे, ' तू लेडीज मे जा.' देखो अब कभी नही तो औरत अच्छी (अच्छी ही है) साथ मे है, तो कहते है लेडीज मे जा. (मन ही मन मैने होठों पर दांत रगड लिये) पूछा 'क्यों ? अब जाएंगे ना साथ ही मे' (गडे !) आखिर मे स्त्री हठ के सामने उन्हो ने अपने हाथ टेंक दिये. और कहे, 'चलो !' (अब उन्हो ने मन ही मन होठों पर दांत रगडे होंगे)

अंबरनाथ जाने वाली गाडी. गाडी आते ही हमने जंप करके (कुदी मारना इसे लोकल मे जंप करना बोलते है.) जगह पा ली. मुझे एकदम से विंडो सीट मिली. खिडकी के पास की जगह. बोले तो परमानंद ! बाजूमे पतिदेव ! (याने मेरे हां) फिर क्या पूछना ? इतनी खुशी हुई. सोचा, शादी के बाद इतने सालों के बाद ऐसा एक साथ यात्रा का मौका मिला है. जनम कुंडली देखकर अभी अपनी ग्रहदशा क्या है यह भी जांचके ले. ऐसा भी मन मे आया. और खुशी को जैसी सीमा ना रही. दो ही मिंनट मे अभी तक घूमे हुए सभी बाग बगिचे आंखों के सामने से सरकने लगे.गाडी छूटने को अभी दस मिनट बाकी थे.

धीरे धीरे आदमी लोग भर ही रहे थे. थोडी भीड बढने के बाद महसूस हुआ कि उपर का पंखा बंद ! हमारे इन्हो ने सारे उपाय किये. पंखे का बटन चालू-बंद किया. कम से कम आठ-दस बार पंखे का पाता कंघी से उल्टा-पुल्टा घुमाया. लेकिन कितने भी मोर्चे आने पर भी रेल मंत्री जिस तरह से जरा भी नही हिलता, उसी तरह वह पंखा भी मुझे कुशल मंत्री की तरह ही लगा. लाख कोशिशे करने के बाद भी उसे इतना भी सेन्स नही कि यह आदमी अपने बीवी के सामने जेंट्स कंपार्टमेंट मे इम्प्रेशन जताने की कोशिश कर रहा है तो हम थोडा सहकार्य करें ! ना ! बिलकुल शुरू नही हुआ. फिर मैने ही मना किया. 'अब गाडी शुरू होगी तो हवा आएगी ही. हमे तो विंडो सीट ही मिली है.' (आदमी को सिर्फ अपना सूझता है वह ऐसा) तब जाके उन्हो ने कोशिशे बंद की. लेकिन मुझे उतना ही अच्छा लगा. लगा कि, औरों से तो मेरा पति कोशिश करनेवाला तो है. कम से कम उन्हो ने रेल्वे का काइया पंखा शुरू करनेका प्रयास तो किया. औरो ने तो वह भी नही किया.

मुझे अब एकेक के बारे मे कुछ न कुछ लगने लगा. सामने का आदमी जगह मिलते ही सो गया. भीड, गडबडी, गरमी कुछ नही. वह सो भी गया. दो घंटे अब उसकी अच्छी निंद होनेवाली थी. लेकिन उतरते समय मान टेढी ही रहेगी क्या कौन जाने ! दूसरा अखबार पढ रहा था. तिसरा पहेली सुलझाने लगा. मुझे बहुत ही इच्छा थी कि पहेली मे क्या है देखने की. लेकिन मैने खुद को रोका. सोचा, यह पुरूषोंका डिब्बा है. हम कैसे दखल दे दुसरों की पहेली मे ? एकदम मस्तिष्क का विचार छोड

दिया. चौथा आधा टेककर बैठा था. बेचारा ! उस तरफ के आठ लोग ताश के खेल मे तुरंत मग्न हो गये. पीछे के लोग किसी ने कुछ लाया हुआ बोजा उपर रख रहे थे. हाशहुश करके बैठ रहे थे. रुमाल से बदन पोछ रहे थे. कोई चिल्लमचिल्ली करके एक दूसरे को बुला रहे थे. तो कुछ घिग्घि बांधे जैसे चूप ही थे. बहोत सारे पसीना पसीना हुए थे ! ई S गाडी छूटने से पूर्व इन सब को शॉवरबाथ देने मे हर्ज नही है. लेकिन वह सुविधा कहा है ? जाने दो. नाईलाज को क्या इलाज ? किसी बच्चे को शाडू के मिट्टि की मूर्तिया बनाने को कहा जाय तो वह किस प्रकार ऊबडखाबड मूर्तिया बनाके रखेगा वैसे इन सब के देह. किसी को कोई आकार या उकार नही. महिलाओं की फिगर बिगडी तो लोग आलोचना करते रहते है. लेकिन पुरुषों के डिब्बे मे फिगर को कुछ भी महत्त्व नही है. किसी का पेट छूटा हुआ, किसी का गंजापन, किसी के दांत गिरे हुए, कोई कृश, अशक्त तो कोई गोलमटोल ! नाम लेनेलायक, मन मे भरने जैसा (हमारे इन्हे छोड के) एक भी आदमी दिखाई नही दिया. पुरुषो मे सौंदर्य ढुंढना है तो कहा ढुंढे ? औरते कैसी कम से कम चेहेरा तो सम्हालती है.यहा तो चेहेरे भी उग्र ! और इस के आगे का शिखर याने पान तम्हाकू खाना, पचापच थुंकना, विडी सिगरेट सुलगाना, कोई दारू पीके आया हुआ. (नसीब, की गाडी मे बैठकर अभी कोई पीता नही है.) बू का कुछ भान पुरुषों को होता है या नही ? कम से कम भीड की जगह तो ऐसी बदबू टाल नही सकते है क्या ? कुछ नही ऐसा नही, लेकिन एक ही संस्कार अभी भी अनुभव आता है. वह है स्त्रीदाक्षिण्य. 95 से 99 फिसदी लोग स्त्रीयों को तकलीफ ना हो इसलिए यात्रा मे सम्हालते है. 1 फिसदी की बाकी कोई भी हामी नही दे सकते. 99 फिसदी लोग गाडी मे नही होगे और यह 1 फिसदी मे से ही लोग होंगे, और गलती से उस डिब्बे मे कोई औरत चढी, तो महाभारत घटने की संभावना कोई नकार नही सकता. लेकिन इन 99 फिसदी लोगों के कारण यह मौका इन्हे मिलेगा ही नही. इसीलिए ही अभी भी लगता है कि, ' मेरा भारत महान. '

'मेरा भारत महान. ' लग ही रहा था कि गाडी शुरू हो गयी. अब हमारे बेंच पर चौथे सीटपर बैठा हुआ आदमी थोडा ठीक से बैठ पाये, इसलिए मै और थोडी अकड के बैठी. तिसरे ने भी खर्राटे लगाने का प्रयास शुरू किया. यह और मै अब गपशप शुरू करने के लिए एक दूसरे की ओर

देखा. तब तक ताशवालों की टोली मे एक दूसरे को जोर जोर से चिढाना शुरू हुआ. इसलिए गपशप शुरू होते होते ही थोडासा व्यत्यय आया जैसा लगा. (शंकर पार्वती का अपना अच्छा है. युगो युगों से गपशप कर रहे है. शांति से कैलाश पर. यहा हमारा कैसा है देखो जरा.) लेकिन हमने निर्धारपूर्वक वह शुरू ही कर दी. 'अभी यह क्या बोला और वह क्या बोला सुना क्या तुमने ....' हम किसी के यहा जाके आते है तो उसका पूरा बॅलेन्सशीट निकाल के आते है. उस के यहा हम क्यों गये, वहा कौन मिला, वहा का समारोह कैसा हुआ ? उसका घर, आमदनी, रुची-अरुची, संपत्ति, बालबच्चे, उनकी पढाई......अरे, सारा का सारा हम अपने घर आने पर भी चबाते रहते है. यहा तो क्या हमे टाईम पास ही तो करना था. इसलिए इस ने क्या कहा उसपर उस ने क्या कहा ऐसी मामुली बातों का भी हमारे बातचीत मे बहुत ही अहम स्थान था. हम अब जिन के यहा जाके आये थे, उनका संपूर्ण रसग्रहण करने को लिया इतने मे.........

इतने मे दादर आया नं ! यह S भीड ! यह S रेला ! हमारे सामने की, आजूबाजू की सारी जगह आदमीयों से इतनी खचाखच भरी कि अब चीटी को भी प्रवेश करना कठीन ! फिर हमारी बातचीत का रुख भीड की तरफ मुडा. यह बोले, ऐसी ही भीड रहती है रोज सभी गाडीयों मे ! सभी डिब्बों मे.' मैने कहा ' अच्छा ? अरे बापरे ! याने की आप रोज ऐसी भीड की गाडी मे से आते हो ?' 'फिर ? तुम्हे क्या लगा ' मुझे सचमुच ही आश्चर्य लगा कि इतनी भीड मे से उतरा हुआ आदमी हसते मुस्कुराते मुहसे फिर स्टेशन पर हमे मिलता है और इस बेहुदा भीड के बारे मे कभी एक अक्षर तक नही बोलता. हम बाकी महिलाओं के डिब्बे मे बैठे बैठे तकलीफ होगी तो भी घर आने से बाहर जाने तक कुडबुडाते रहते है. उस पर भी वह कभी भी बयान नही देते. औरते ही सहनशील होती है ऐसी मेरी एक मीठी गलतफहमी थी. वह इस समय साफ पलटी थी. पुरुष भी सहनशील ही होते है.

अभीतक घाटकोपर आया. काफी शोर मे कुछ उतरे, कुछ चढे. फिरसे अपना वही ! जैसे थे ! इन के बाजू का आदमी इन के कंधे पर बार बार लुढक रहा था. मै ने धीरे से बोला, ' उसे ढकेल दो ना उस तरफ

थोडा. मुझे यहा एकदम से दबाया जा रहा है. ' अब तो मेरी बोलने की इच्छा करीब करीब खतम हो चुकी थी. ऐसे ही कुछ बोलना है करके मै बोल रही थी. यह भी मुझे बोलते रखने का प्रयास कर रहे थे. क्योंकि न जाने मेरा दिमाग सटक गया तो मै किसी को कुछ बोल बैठुंगी. और किसीने मुझे कहा कि लेडीज मे जाने को क्या हुआ था तो भारी आफत आ जाएगी. इसलिए इतनी देर से सामने खडे हुए एक आदमी को इन्हो ने थोडे कोमल स्वर मे कहा, ' भाईसाब, जरा सिद्धे खडे रहिए ना.' ऐसा बोलने पर वह उतने के लिए एक मिनटभर सीधा हुआ. फिर मेरे पैर अकड अकड के मै हैरान हो गयी. लेकिन अब मुझे पुरुषों के डिब्बे मे आने के लिए बहुत ही पछतावा होने लगा. लेकिन मै खुद को रोकती रही.

कुछ देर के बाद ठाना स्टेशन आया. और खडे हुए लोगो ने बैठे हुए लोगों के नाम से शंख करना शुरू किया. 'उठो अब, ठाना आया.' इत्यादी. इन्हो ने कहा कि, 'अंबरनाथ गाडी मे ऐसा नियम है कि वीटी मे बैठे हुए लोगो ने ठाना मे उठ के, खडे हुए लोगों को जगह देने की ही.' मैने पूछा ' क्यों ?' तब इन्होने मुझे बताने के लिए मुह खोला, इतने मे पीछे की बाजू मे जो युद्धं शुरू हुआ, वह मैने मेरी आंखों से देखा. एक आदमी नही उठा तो साफ मारपीट हुई. एक की ऐनक उड गयी. दूसरे ने तिसरे को मुक्का लगाया. शी: शी: शी: यह क्या है ? एक तो यह लोग आपस मे कुछ बातचीत वगैरह नही करते है. उल्टे अचानक तू तू मै मै पे उतरते है. उस से हमारे महिलाओं के डिब्बे मे कैसा हम एक दूसरी से गपशप भी करते है, एक दुसरी को बैठनेको जगह भी देते है. कुछ देर ही सही. नही किसी ने जगह दी तो भी जोर जबरदस्ती किसी की किसी पर नही होती है. गाली गलोच, शोर शराबा, ऐसा कुछ भी नही होता है. यहा तो हम ज्वालामुखी के मुहपर ही बैठे है और कब विस्फोट होगा बोल नही सकते है ऐसा ही लगता है लगातार. यह बोले, ' तू इधर है करके उनका मोर्चा यहा नही आया. नही तो हमे भी उठना पडता था.' लेकिन ऐसे बैठने मे भी कोई सुख नही था इसलिए इन्हो ने बहुत देर से खडे हुए एक व्यक्ति को बैठने को जगह दी. मैने भी किसी को दी होती. लेकिन मेरे खडे होने मे भी कुछ अर्थ नही था. सीधे खडे रहने के लिए भी जगह ना मिलती. इसलिए मै बैठी ही रही.

लेकिन फिर डोंबिवली मे थोडी भीड कम होने पर मै भी उठ खडी हुई. और हम बाहर जाके कल्‌यान मे उतरनेवालों की भीड के साथ जा खडे हुए. कल्‌यान आते ही धक्कामुक्की मे उतर गये. क्योंकि चढनेवालों की भी भीड बहुत थी.

उतरने के बाद भी हम फलाट पर एक बाजू मे होकर दो मिंनट के लिए खडे रहे. गाडी छूटने पर सीढीयों की तरफ चलने लगे. लेकिन इस यात्रा के बाद आठ दिन तक मुझे घुटन सी महसूस हो रही थी. कभी भी मुझे उस घमासान लडाई का आभास होता था. और उससे भी जादा बुरा लगता था वह इस बात का कि, इन्हे रोज ऐसी भीड मे से आना पडता है इसका. उसके बाद फिर से अब आदत बना ली है. पर अब कान पकडे है हमारी गपशप घर मे ही. लोकल मे नही.

******

19.

लोकल में हल्दी-कुंकुम, वह भी यथाविधि !

लोकल मे कितना भी ना बोलो लेकिन बहुत सी अच्छी बुरी घटनाए घटी है. उदाहरण के तौरपर बॉम्ब स्फोट, चोरी मारी, झगडे, गाली गलोच जितनी हुई होगी, उतनी ही गपशप, गाना, गोष्ठी, इतना ही नही हलदीकुंकुम भी !

अब हलदीकुंकुम बोलेगा तो सुवासिनी और कवारी लडकियों का यह तो साफ ही है. लेकिन बीच मे इन्दौर की एक सामाजिक कार्यकर्ती का मुझे खत आया. उसे ऐसा कुछ समझा था कि मै स्त्रीमुक्ति का काम करती हूं. वास्तविक मेरा भरवसा स्त्रीमुक्ति से जादा स्त्रीशक्ती पर ही है. लेकिन उसे मिली जानकारी के आधार पर उसने मुझे खत लिखा और पूछा कि, अपने समाज मे विधवाओं ने / बेवाओ ने कुंकुम लगाना चाहिए की नही लगाना चाहिए ? आपकी राय क्या ? लगाने का हो तो क्या करना ? मैने पत्र दो-तीन बार पढा. उसने मेरी तरफ से मार्गदर्शन की अपेक्षा की थी. खास बात यह थी वह औरत खुद बेवा थी. और वयस्क भी. मै उसकी लडकी जैसी. मै उसे क्या सलाह दू ? फिर सोचा, इंसान

आधार ढुंढता है अपने से जादा अपने विचारों के लिए. अपने विचारों को कुछ आधार मिला तो फिर वह विचार अमल मे लाने मे कोई दिक्कत नही होती. मैने भी फिर बहुत विचार किया. सोचा, कौन से शब्दो मे अचूक भावना व्यक्त करू ? फिर शुरू मे ही मैने उसे मै स्त्रीमुक्ति का वगैरह काम नही करती हू, बल्की स्त्रीशक्ती के माध्यमसे स्त्रीमुक्ति से बिलकुल सहमत हू ऐसा लिखा. और फिर मूल सवाल की ओर मुडते हुए लिखा कि हमारे समाज मे लडकिया शादी से पहले भी कुंकुम लगाती है. शादी के बाद भी लगाती है. शोहर जाने के बाद बाकी तुरंत कुंकुम पोछ डालते है. यह प्रथा सच पूछे तो उस स्त्री के व्यक्तित्व की दृष्टी से अन्यायकारक ही है. क्योंकि हम रोज लगानेवाले सिंदूर को अचानक मिटाना, उस स्त्री की कांच की चूडी पहनना बंद करना याने की स्त्री के अलंकार तथा उसके व्यक्तित्व के अविभाज्य अंग का नष्ट करना है. पुरुष कहा अपनी स्त्री को खोने के बाद अपना व्यक्तित्व बदलता है ? फिर स्त्रीने ही क्यों बदलना ? (इस जगह मुझे आशाताई भोंसलेजी को सिंदूर का यह प्रश्न क्यों पडा था इसका आश्चर्य होता है. क्योंकि वह एक महान व्यक्ति है, विचारवंत है, यद्यपि आर डी बर्मनजी के जाने पर दुःखातिरेक से ऐसा हुआ होगा ऐसे ही बोलना पडेगा.) पती के प्रति उनकी भावनाओं का सम्मान हरेक ने रखना ही चाहिए. लेकिन उसने एकदम से एक अलग सा जींना जींना यह मुझे नही जचता है. इसलिए मै आपको यह सलाह देती हूं कि आप को कुंकुम अगर लगाना ही है तो किसीसे भी पूछने की जरूरत नही है. अपना निर्णय स्वयं लेकर बिनधास्त कुंकुम लगाते जाओ. आपके सिंदूर लगाने से किसी का भी नुकसान नही होगा. तो आप भी कितना और क्यों दबाव लेती हो ? लोगों को आप के बिंदी लगाने की अपने आप आदत हो जाएगी. यह खत मैने उनको भेजा और मुझे भी थोडा हलका हलका लगने लगा. क्योंकि विधवाओं का रुखा सूखा माथा देखकर बचपन से मुझे लगती एक पहेली से आज मेरी भी छुट्टी हो गयी थी.

लोकल के हलदीकुंकुम मे समान रूपसे सब को शमिल किया जा सकता है. सब परधर्मियों को भी, मुस्लिम, ख्रिश्चन, सारी महिलाए इस मे शामिल होती है. ऐसा हमारा अनुभव है. पहले मुझे लगता था कि क्या यह औरते गाडी मे हलदीकुंकुम कैसा करती है. लेकिन फिर औरों से

अलग ना रहने के लिए मै नाममात्र उस मे सहभागी हुई. लेकिन उससे मुझे इतना आनंद मिला कि उसके बाद से गाडी मे होनेवाले हलदीकुंकुम को मैने कभी ना बोला ही नही.

कोई भी हलदीकुंकुम हो या त्यौहार हम सब लोग तय करते है कि कल इस तरह की याने की जरी की वगैरह साडिया पहनने की या नवरात्री मे हररोज एक रंग की. वह एक अनोखी मजा होती है. उसकी जबरदस्ती किसीपर भी नही होती है. तो भी तय की गयी बाते पाली जाती है. नही तो हमे अपने रोजमर्रा के चरखे मे अटक के अपना चिप्पड होने मे देर नही लगेगी. लेकिन अपनी संस्कृती, त्यौहार संम्हालने के लिए विशेष प्रयास करने पडते है. हादगे के गाने गाकर प्रसाद पहचानते समय एक अलग ही मौज होती है.

एक बार चैत्रागौरी के हलदीकुंकुम मे हम सब जरी की साडी पहनकर आयी. अंबरनाथ की महिलाओं ने खाने पीने की पूरी जिम्मेदारी ली थी. पहले हलदीकुंकुम चांदी की कोयरी (हलदी कुंकुम रखने का चांदी का एक विशिष्ट पात्र) मे से लगाया गया. चांदी की इत्रदानी से इत्र लगाया गया. चांदी की गुलाबदानी से गुलाबजल छिडकाया गया. सब को फूल, गजरे आदी दिये. सब ने अपने सिर मे सजाए. फिर खाने का कार्यक्रम. जिस को पहले उतरना है, उसे पहले देने का. इस क्रम से ठानावालों को फिर घाटकोपरवालों को फिर दादरवालों को और आखिर मे वीटीवालों को. सब कुछ योजनाबद्ध. खाने मे आंबेदाल (भीगी दाल मे कच्चा आम मिला के बनाई हुई चना दाल) , भीगे हरभरे, लड्डू, ढोकला ऐसे पदार्थ. और कच्चे आमका ठंडा पेय. पेय मे भी सुगंध, इलायची इत्यादी. सब ठीकठाक ! खाने के लिए कागज की प्लेटे तो पीने के लिए स्टील के ग्लास लाये थे. दाल का एक बडा डिब्बा, पन्हे /शरबत के लिए एक खास किस्म का डिब्बा. उसके बाहर बर्फ डाला हुआ दूसरा डिब्बा. एकदम ठंडा पेय सब को मिले इसलिए. और यह इतना सब लेके यह महिलाए रोज की समय गाडी मे चढी. पूरे डिब्बे की औरतों ने इस हलदीकुंकुम का सुगंधी और स्वादिष्ट आनंद लूटा. संक्रांती की हलदीकुंकुम मे भी सभी ने काली साडिया पहनी. गहने पहने. तिलगूल बाटा. हलदीकुंकुम किया. चीजों के लिए जमा की गयी रकम से हरेक

को भेंटवस्तू दी. बहुत मजा आया. किसी ने हलवा (तील के उपर शक्कर की चासनी डालकर धीमी आंचपर जमाते है) कैसा खुद बनाया, हलवे के गहने कैसे बनाये यह बताया. तिलगुल के लड्डू, वडी, रोटिया इन की हरेक की पाककृती का चटपटा वर्णन हास्यविनोद मे फूल उठा. ऐसे समय अपना पदार्थ कही चूकता हो तो वह कैसा सुधारने का यह भी समझता था. समय कैसा बीतता है यह भी नही समझता. और घर मे करेंगे करेंगे करके सोचा हुआ और समय के आभाव से रह गया हलदीकुंकुम समारोह गाडी मे यथाविधी पार हो जाता है. इसलिए लोकल मे हलदीकुंकुम यह किसी के घर के हलदीकुंकुम से भी बहुत ही आनंददायी लगता है.

******

20.

आचरण-ज्ञान सीखना, तो भी लोकल में ही!

बहुतही आनंददायी लगती है ऐसी और एक बात लोकल के बारे मे बतानी है तो वह है, सुव्यवस्थित रीती से रचाई गयी गानों की अंताक्षरी ! और मेंढीकोटवालों की चढाई. ताशवाले क्या तल्लीनता से खेलते है ! इतनी तल्लींनता अगर ईश्वर के नामस्मरण मे प्राप्त की होती तो ! लेकिन वह कैसे मुमकिन है? कौनसा विठ्ठ और कौनसा राम ? यहा तो होती है, इक्का,राजा, रानी, गुलाम, दश्शी, नश्शी, अठ्ठा, सत्ता, छक्का, पंजा, चौका, तिर्रा, दुर्रा ! तेरह तेरह पन्नों का एकेक परिवार. ऐसे चार परिवार ! तेरह गुना चार बावन्न ! बस. इन बावन्न पन्नों की दुनिया मे सब कुछ समाहित होता है. हमारे बचपन मे भी हम इसी दुनिया मे कई बार रमते थे. झब्बू, सट्ट्या और एकपानी. एकपानी बोलेगा तो सिर्फ एक पन्ना ही लेकिन सट्ट्या झब्बू बोलेगा तो अपने पास के सब पन्ने दूसरे के गले मे मारने का एक विलक्षण आनंद होता है. लाडीस, मुंगूस, बादाम सात, भिकार सावकार , पाच तीन दो ऐसे और कुछ प्रकार खेलते हुए छुट्टी कब बीत जाती थी पता ही नही चलता. छुट्टी खतम होते ही घर के बडे

बुजुर्ग लोग कहते थे, रख दे दो अब वह ताश ! ताश खेलना एक दरिंदगी का लक्षण होता है. तब वह सच भी लगता था. अब हम देखते है तो दफ्तर जाते समय बाबा अपनी बॅग मे ताश का सेट डालने को कभी नही भूलते. एक बार खाने का डिब्बा भूल जाएंगे या तो लेके ही नही जाएंगे. बाहर खा लेंगे, इस हिसाब से. लेकिन घर से दफ्तर जाते समय ताश बाकी 'पेरूचा पापा' के साथ होते ही है. 'पेरुचा पापा ' ? हां. पे याने पेन, रु याने रुमाल, चा याने चाबी, पा याने पास और फिरसे पा याने पाकीट. (यह खोज प्रसिद्ध साहित्यिक स्व. वि. आ. बुवा जी की है.) इसमे भी फिर ड याने डब्बा होता ही नही है. इसलिए फिर हमने ही 'पेरुचा पापा ' के साथ 'मोडबो' जोड दिया है. मो याने मोबाईल, ड याने डिब्बा और बो याने पानी की बोतल. इसके अलावा च याने चष्मा जोडके हमने अब नया नियम बनाया. 'पेरूचाच पापा मोडबो ' लेकिन इसके साथ प याने ताश के पन्नों का सेट लेके जानेवाले अनेक महाभाग है. उन को उनके बचपन मे उनके मा बाप ने या दादा दादी ने ताश के बारे मे कुछ बताया नही होगा क्या ? ऐसा सवाल हमेशा मेरे मन मे उठता है. यह लोग साफ संपूर्ण तैय्यारी के साथ गाडी मे चढते है.गाडी मे पैर डालते ही उनका खेल जो चालू होता है, वह गाडी आखरी स्टेशन पर रुककर गाडी से सारे लोग उतर के चले जाने तक. सबसे आखिर मे यह नाईलाज से उतरते है. उनका खेल एकदम अथक तथा अखंडित चालू रहता है. उसमे भी फिर कुछ अलग अलग स्वभावधर्म के, वयोमान के, (उम्र का जादा परिणाम होता नही होगा.) , कार्यालय के अनुसार, स्टेशन के हिसाब से याने गंतव्यस्थान के हिसाब से ऐसे अनेक गुट दिखते है. सब लोग अत्यंत गंभीरता से दूसरे की उतारी को दाद देते है. ताश जितने हो सके, उतने आंखों के पास पकडे होते है. लेकिन गलती से दूसरे के पन्ने दिखाई दे तो देखने के नही ऐसा एक नियम होता होगा. (क्योंकि तू मेरे ताश क्यों देखे इस कारण कभी भी झगडा हुआ मैने देखा या सुना नही.) इसलिए बिना चिढते व्यवस्थित दांव चला रहता है. कोई तो नोमिनल याने नाममात्र ताश पिसता है. (हमे ताश पिसने मे ही कितना वक्त लगता था इसकी ऐसे समय याद आती है.) फिर बाटना फिर खेलना. हुए हाथों को हाथ मे ही अन्य ताशों के पीछे उलटे डालकर सम्हाले जाते है. क्योंकि वह अलग से रखने के लिए जगह नही होती है. आदमी को जादातर एक

से डेढ पैर रखने जितनी ही जगह होती है. लेकिन ताश हाथ के हाथ मे या दोनों के पैर पर रखे एखाद बॅग पर डाले जाते है. तथा बाटे जाते है. खैर, बीच मे एक महिला को साफ उन की बराबरी से खेलते हुए देखा और मै धन्य हो गयी. हमारी महिलाए किसी किसी मे सोचो तो पीछे हटेगी नही. इस ताश मे (उखली मे) अगर उन्हो ने अपना सर डाला तो (मुसली यकीनन तोडेगी.) वह सभी की छुट्टी कर डालेगी. इन ताश के खेलके साथ ही 'स्कोअर ' लिखने का काम एक बाजू चालू रहता है. क्रिकेट का स्कोअरबोर्ड बीच बीच मे दिखाते है लेकिन यह स्कोअरबोर्ड शायद किसी ने देखना ही नही होता है. याने कि इस मे पैसे का कुछ मामला होगा. एक बार मुझसे रहा न जाने पर मैने किसी को एक पन्ना डालने को बोला, तो सामनेवाला आदमी गुस्सा होता हुआ लगा. तभी से हम बाबा खाली देखने का काम करते है. किसी को कुछ बताते नही.

तो यह जैसा ताश का वैसा ही गानों के अंताक्षरी का. बीच मे मै सिंहगड से (कुछ लोग इसे सिंह दगड कहते है, वह भी अब लोकल ही बनी है.) सफर करते हुए पांच और सात साल के बच्चे अंताक्षरी खेल रहे थे. दोनों को भी मोटे भिंग के चष्मे ! शरीर रुखे सूखे ! इंग्लिश मीडियम की दप्तरों के बोझ से दबे हुए. दांत सडे हुए. (बहुदा हमेशा चॉकलेट खाते रहते होंगे) पर गाने.....गाने बाकी झकास गा रहे थे. विशेष याने अंताक्षरी होके भी आधा अधुरा पद, पंक्तिया न गाते हुए पूरे गाने गा रहे थे. एकदम ताल मे, सूर मे इत्यादी सब कुछ और गाने कौन से तो अभी के सारे चित्रंपटों के, ' रुक्मिनी रुक्मिनी ' के सह. मैने सहज ही नजर इधर उधर घुमाई. दोनों के मा बाप .... चारोजण गुजराती. बहुत बडे शरीरवाले तथा अस्ताव्यस्त चेहेरेवाले. धंधे की बातों मे मशगुल. और यह दोनो बच्चे एक बाजू मे बैठ के गानों मे मशगुल.

धीरे धीरे उन बच्चों की पुछताछ की. पूछा कि इतने सारे गाने आप को मुखोद्गत कैसे ? बाय हार्ट कैसे ? तो बोले, 'टीवी पर देख देख के ' याने कि यह गाडी थी इसलिए वह सिर्फ गा रहे थे नही तो घर मे होते तो नाच भी लेते. अत: बच्चोंकी कुशाग्र बुद्धिमत्ता पर संशय नही था. फिर भी पूछा, ' सतत टीवी चलता रहता है क्या ? ' बोले, 'हां.' याने कि एकदम सहजतापूर्वक ही उन्हो ने जवाब दिया. तो फिर पूछा, 'तुम्हारे किताब मे

से एक कविता बोलो तो ! ' तो बोले, ' अभी पढी नही है. ' तो पूछा, 'कल परीक्षा मे क्या लिखोगे ?' तो बोले, ' परीक्षा के समय करेंगे.' 'अभी कहा गये थे ?' 'घूमने.' एकदम सीधा जवाब आया. मुझे आश्चर्य लगा. परीक्षा नजदीक आयी हुई है तो भी हमारी कुछ पढाई बाकी है , हुई नही है इसका इन बच्चों की मन को जरा भी बुरा नही लगा था. हमारे बच्चे होते तो बेचैन होते, रोने को आये होते. फिर ध्यान मे आया, डिग्रिया क्या खरीदी भी जा सकती है फिर बिगरी का क्या इतना कठिन ? अपने मराठी लोग ऐसे ही इतना माथाकूट करते है. तडके से बच्चों को तकलीफ देते है. किसलिए ? बुद्धिमत्ता कमाने के लिए ? आगे उसका क्या ? अच्छी नौकरी पाने के लिए ? याने कुल मिला के ' नौकरी ' यही अपना उद्देश्य है ! लेकिन इन गुजरातियों के बच्चे पढे क्या नही पढे क्या शेठ बन के ही गल्लेपर बैठ जाएंगे. क्योंकि उनकी वैसी व्यवस्था है. और अपने बच्चे प्रमाणपत्रों की फाईले पकड के ऊनके सामने नौकरी के लिए येसफेस करेंगे. अभी तो मराठी लोगो ने जाग उठना चाहिए. और नेकी से शिक्षा पूरी करने के बाद नौकरियों के पीछे ना पडते हुए व्यवसाय के लिए आवश्यक प्रशिक्षण देकर खुद के व्यवसाय कि व्यवस्था करनी चाहिए. तो हि आज इस लोकल मे पिसता हुआ आदमी कल का अपने बच्चों का भवितव्य बना सकेगा.

******

21.

समय का सदुपयोग भी करना चाहिए!

कल का अपने बच्चों का भवितव्य बनाना हो तो आज इस लोकल मे पिसते हुए आदमी को अत्यंत सतर्क रहना पडेगा. और इस आदमी ने अगर बच्चों का इस लोकल मे से छुटकारा किया तो ही वह बच्चा सही मायने मे सुखी बन सकेगा. आज के मुंबई के बच्चों को खेतो और जंगलो मे भटकने को नही मिलता. पशु पंछी, फूल फळ देखने को नही मिलता. खेतो मे घुमने को नही मिलता. मंनचाहा कूदना, फैदना, खेलना, पेडपर चढना, कच्चे आम , इमली पाडना, उडते पंछीपर गोफन की नेमबाजी से पत्थर मारना, दलदल मे नाचना, नदीनालो मे, तालाब मे, कुए मे डुबना, तैरना, फूल, पत्री, फल जमा करना चाँदनी मे एकसाथ खाना खाना, गपशप करना, बहुत हसना, खेतो मे काम करना, बैलों की होड या कोंबडी की जूझ देखना, गाय, भैसको दोहना, उनका गोबर, गौशाला साफ करना , चारा पानी करना, घुडसवारी करना, जत्रा मे जाना, पंढरी के वारी के लिए जाना, वारकरी लोगों के अभंग मे डूब जाना, केकडा पकडना, पेडको बंधे हुए झूले पर से गगन मे उडान भरना, दादा दादी की कहानिया सुनते सुनते गहरी निंद मे सो जाना ऐसी कोई भी चीज

करने को नही मिलती है. इनमे से कुछ चीजे भी अगर बचपनमे ही करने को मिलेगी तो जिंदगीभर वह एक आनंद का अक्षय खजाना बन के अपना साथ दे सकता है. लेकिन मुंबई के बच्चों को जन्म से ही मा बाप नौकरीवाले. उस कारण घर से बाहर रहनेवाले, विभक्त परिवार पद्धती के कारण पालनाघर मे रहना पडना, पाठशालाओं की कठिन परीक्षा पद्धति के कारण बचपन से ही मंनपर दबाव निर्माण होना, उसके बाद पाठशालाओं के अवजड दप्तरों के बोझ तले दबे जाना, सतत स्पर्धात्मक परिस्थिति झेलना, जितना मिलना चाहिए उतना मा बापका सहवास न मिलना, खेलने के लिए खुली जगह न होंना, सिमेंट के जंगल मे बैठकर घर ही घर मे बैठे खेल खेलना पडना, मैदानी खेल के लिए मैदान उपलब्ध न होना, मैदान मिलेगा तो भी ऐसे खेलों को प्रोत्साहन न मिलना, कभी प्रोत्साहन मिलेगा तो भी शारीरिक क्षमता का ना होना, कुपोषण होना, उस से सुद्दढ आरोग्य न पाना, बचपन से ऐनक लगना,आगे की पढाई मे फिर इसी बात की तकलीफ होना, पढाई पूरी होने पर भी जल्दि से और मनचाही नौकरी न मिलना, एक की तनख्वाह मे खर्चा पूरा न होने की वजह से फिर नौकरीवाली लडकी से ही शादी करना, और फिर अपने बच्चों को बाहर रखकर नौकरी के लिए जाना ऐसे दुष्टचक्र ने ग्रसित किया है.

उस मे ही फिर लोकल की यात्रा याने ऑफिस मे काम का नही होगा इतना लोकल की यात्रा का तनाव इन्सान के मन पर और तन पर पडता है. उसमे फिर कुछ लोग कसरतखाना ढुंढते है. कुछ नाटक सिनेमा मे मन रिझाते है. कुछ सिर्फ पैसा कमाने के उद्दिष्ट से लगे रहते है. 'More & more money' कोई प्रकृति के आकर्षण से पर्यटन के लिए जाते है, ट्रेकिंग, हायकिंग इत्यादी है ही, कोई अन्य प्रकारके क्लब वगैरह देखते है. लेकिन यह सब हुई बाह्य उपचारों की बाते. मनुष्य चाहता है कि उसे मानसिक शांति मिले और स्थिर शारीरिक स्वास्थ्य हो और जो मूलतःही होता है, या तो नही होता है तो वह कमाना पडता है. खुद को खुद मे आनंद खोजने की जादू आनी चाहिए. तो ही आदमी सुख से जी सकता है.

अब इन सारी बातों के लिए आप अगर आप के बच्चे का छुटकारा इस लोकल से कर सकते है तो आधे से जादा प्रश्न मिट जाएगे. यह छुटकारा करने का मतलब उस को इस तरह से बढाने का कि उसने नौकरी के पीछे ना भागते हुए खुद के व्यवसाय का निर्माण करना चाहिए. उसके लिए आवश्यक शिक्षा प्रशिक्षण उसे देना पडेगा. डॉक्टर, वकील और इंजीनियर इसके सिवा भी सैकडो व्यवसाय है. उसे जिस व्यवसाय मे रुचि होगी, जितना हो सके, उसी व्यवसाय मे ढालने का. कुछ लोग जनम कुंडली दिखा के अपने को कौनसा व्यवसाय सुयोग्य है इसका मार्गदर्शन लेते है. उस मे भी तथ्य होगा.

बच्चे को व्यावसायिक बनाना याने वैसी थोडी अपनी भी नजर होनी ही चाहिए. नही तो हम वैसा सोच भी नही सकते है. लोकल मे हम रोज घुमते है. घुमते हुए अपने आजूबाजू के हमेशा के यात्री भी होते है. उन के साथ हमेशा चर्चा करनी चाहिए. बहस करते करते कुछ तो राह निश्चित मिलेगी. आपस मे एक दूसरे को महसूस कराना चाहिए कि अगले पीढी को व्यवसाय मे उतार ने के लिए हम भी कुछ कर सकते है. पहले ही मुंबई मे घर लेना बहुत मुश्किल. वह होंने के बाद (ज्यादा तर वह छोटा ही/ काम के जितना ही होता है.) बाहर कही शांत जगह मे जमीन जिन्हे संभव हो उन्हो ने जरूर लेंनी चाहिए. या तो अपने गाव मे पहले से होगी तो उधर की संपत्ति की रक्षा करके उस मे सुधार करना चाहिए. कोकण के बहुत सारे लोग खुद मुंबई मे रहते है लेकिन परिवार को गाव मे ही रखते है. और उन्हे इधर से पैसा मुहैया करते है. उस से उधर का बाग, खेती अबाधित रहती है. यहा रहनेवालों ने भी बच्चों को हमेशा गांव लेके जाके उधर के माहौल की चाहत बच्चों के मन मे पैदा करनी चाहिए.

कुछ महिलाओं को मै ने कार्यालय मे बैठे जगह बच्चों की पाठशाला की किताबे पढते हुए देखा है. उपक्रम स्तुत्य है. लेकिन कार्यालय के बजाय लोकल का समय उपयोग मे लाया जाय तो और भी अच्छा है. सच बोलो तो एक बार हम गाडी मे बैठे तो मोटरमन अपना काम करता है. हम अपना काम शुरू करने मे कोई हर्ज नही है. (लेकिन हमारे लोकलवालों को लोकल की फिक्र मोटरमन और रेल प्रशासन से भी ज्यादा रहती है. इसलिए उन के खुद के काम मे ऊन का

मन नही लगता है.) उस मे भी इस मामले मे महिलाए ठीक ही रहती है. कोई बुनाई, कढाई, पढाई, सब्जी साफ करना, छोटासा हाथसिलाई का काम करना, कुछ चीजे बनाना, गपशप करना, गाने गाना, कुछ नही होगा, तो सो जाना ऐसा सब करके एकदम आनंद मे समय बिताती है. पुरूषो को बाकी यह कुछ भी नही जमता है. ज्यादा से ज्यादा वह सो जाएंगे या तो पढेंगे. लेकिन उस के बदले मे हरेक अभिभावक ने अपने बच्चे की सब पाठ्य किताबे गाडी मे पढ ली तो अगर उसको हमे सिखाना चाहते है तो सिखा सकेंगे. सिखाने का नही होगा तो भी अपना बच्चा स्कूल मे फिलहाल क्या पढ रहा है यह तो समझेगा. उस मे से फिर आगे की रणनीति बना सकते है. कितनी बार बच्चे एक सोच मे तो अभिभावक दूसरे ही सोच मे होते है. उस से कभी कभी रिश्ते मे दरार पैदा होती है. वह ऐसे पढाई से कम कर सकेंगे. बच्चे की मानसिकता से समीपता प्राप्त करने के लिए लोकल के समय का सदुपयोग करने से, कल बच्चे हमे पूछेंगे की नही, यह संदेह भी मन मे आएगा नही.

******

22.

लोकल गाड़ी मोहिनी है!

मन में संदेह भी आना नहीं चाहिए, लेकिन आये बगैर नहीं रहता। इतनी बेफिक्री से चढ़ने वाले कुछ लोगों के पास प्रथम-श्रेणी की टिकटें अथवा पास हैं या नहीं इस बारे में यात्रियों के मन में संदेह होता है क्योंकि कुछ लोग रेल कर्मचारी बोलकर, कुछ खुद को उनका रिश्तेदार बताकर प्रथम श्रेणी के डिब्बे में चढ़ जाते हैं, लेकिन रोज की यात्रा करने वाले पास-धारक उन्हें पूछ नहीं सकते क्योंकि उन्हें वैसा अधिकार ही नहीं होता है। पांच गुना भाड़ा देकर भी, जैसी होनी चाहिए, वैसी सुविधा प्रथम-श्रेणी के डिब्बे में नहीं मिलती है। सालों से महिलाओं को दिया हुआ इतना-सा डिब्बा बढ़ाने का रेल प्रशासन को नहीं सूझता है। यद्यपि कुछ महिला-विशेष लोकल चलाई जा रही हैं। फिर भी, भीड़ से जान जाती है। बहुत बार अनचाहे लोग डिब्बे में चढ़ते हैं। भिखारी, तृतीय-पंथी, आव जाव घर तुम्हारा ऐसी स्थिति होती है। उन्हें रोकनेवाला कोई नहीं है। बोलने वाले कोई नहीं हैं। कई बार तो बाहर खड़ी हुई महिलाएं भी ऐसे लोगों को नहीं रोकती हैं। इसलिए दंगा करने की एक हक की जगह याने प्रथम श्रेणी का डिब्बा. उस मे भी महिलाओं का. कई बार

महिलाओं के डिब्बे मे गंदगी करके रखी होती है. तब पहले ही कम जगह होनेवाले डिब्बे मे और भी असुविधा होती है. उस मे से साफ सफाई करने के लिए रेल्वे के कर्मचारियों को बुलाएंगे तो और भी समय गवाना, गाडी लेट करना और की हुई गंदगी और भी फैलाना ऐसे ही अनुभव का सामना करना पडता है. भीड के समय तो यह प्रथम श्रेणी का डिब्बा है ऐसा लगता भी नही है. बारिश मे और गर्मी मे यह डिब्बा चाहे जितना सुखमय नही लगता.

यहा का माहौल अलग होता है. व्यक्तित्व निराले होते है. व्यथाए अलग. पैसेवालों के सुख दुःख कुछ अलग ही. बाजू के आदमी का पेपर भी तन को लगेगा तो वह भी यहा सहने की जरूरत नही होती है. व्दितीय श्रेणी की डिब्बे की अपेक्षा यहा सहनशीलता कैसी होती है ऐसा भी एक सवाल ही है. यहा के मॅनर्स अलग. लेकिन एक बाकी यहा सुस्पष्टता से महसूस होता है, सब को जीने का समान हक है ऐसी मान्यता यहा के यात्रियों मे खास ही होती है. कोई किसी को कम जादा मानने का प्रयास नही करता. हरेक जण अपनी अपनी जीवनशैली मे जीने के लिए यहा मुक्त होता है. अपनी अपनी रुची सम्हाल सकता है. जितना हो सके, दूसरों को तकलीफ ना हो इसकी हरेक जण सावधानता रखता है. कोई पढता है, बुनाई कढाई करता है. वॉकमन लगाके गानों का आनंद उठाता है. पढाई करता है. नीन्द लेता है. यहा कुछ भी करना संभव होता है. निश्चित यात्रियों का रोज का गुट रहेगा तो फिर धीमे आवाज मे गपशप भी होती है. कुल मिला के लोकल का यह जो एक अलग वर्ग होता है, बैठा हो या खडा, अपने विश्व मे दंग रहता है. तो ऐसी यह एक सीधी लोकल गाडी, लेकिन आदमी ने कैसा होना चाहिए और कैसा नही इसका चलता बोलता प्रतिक है यह लोकल गाडी. इंसान ही इंसान छोटे-बडे, गरीब- श्रीमंत, सुदृढ-रोगी, चिंतातुर- बेफिक्र , कई प्रकार की संमिश्र भावनाओं का जाल चेहेरे पर बुने हुए लोगों की रोज की यात्रा का साधन ! रोज का जरूरी साधन. लेकिन इस लोकल पर अवलंबित होने वाले इन्सानों का रोज का जीवन ! उस जीवन मे आशा निराशा से भर देनेवाली लोकल गाडी यह एक मोहिनी है मोहिनी !

गाडी की आहट आते ही जल्दी से गतिविधियां शुरु होती हैं। सब लोग अपनी-अपनी जगह ले लेते हैं और गाड़ी प्लेटफार्म पर आते ही प्लेटफार्म पर खड़े इतने सारे लोग गाड़ी के पेट में लुप्त हो जाते हैं। छुट्टी के दिन गाड़ी का मुंह नहीं देखना चाहने वाले लोग दूसरे दिन उतनी ही तन्मयता से गाड़ी के साथ एकरूप हो जाते हैं। मुझे बड़ा मजा आता है। इतने देर तक प्लेटफार्म पर एक दूसरे के साथ होने वाले सुख-संवाद अचानक बंद होते हैं, बीच में ही तोड़े जाते हैं। आगे के संवाद गाड़ी के अंदर जाने के बाद शुरु होते हैं। कमाल है! मैं भी गाड़ी में चढ़ती हूं, जगह पकड़ती हूं और शुरु होती है फिर से लोकल .... लोकल! यह ऐसे कितने दिन चलनेवाला है, मालूम नहीं.....!

******

Printed by Libri Plureos GmbH in Hamburg,
Germany